樹_的墓誌銘

馬華文學創作大系／02

沙河 著

一種浪漫主義的沉澱與追憶
——小論沙河的視覺、嗅覺、味覺詩

張　錯

　　詩對一個詩人而言，應是一生的志業，而非一時感情的滿露流溢。我說這話時因為注意沙河的詩已近十年的光景了，他是一個以生活入詩的人，率真流露，經常像馬戲班的表演者踩在一條語言鋼索，以誇張險峻的姿勢，走完他要表達的過程。

　　因此走得太快或說得太快，或者走得太慢或說得太慢，都不可以。那是一種浪漫主義的沉澱與追憶，在未寫下時已經知道要說什麼，未走前已經知道鋼索的盡頭。而走或寫，姿勢必須恰到好處。

　　沙河走了很久，那是對詩的信念與堅持。終於在第九屆花縱文學獎的新詩推薦獎參賽作品裡，我們看到一張漂亮的成績單。在《詩集》一詩裡，他借一本出版詩集，流露出滄桑沉重的感慨。詩，在今天社會是可有可無的；詩人，是熱鬧場合中最清冷的孤單，讓人感受到詩人一生志業裡，許多不能承受的輕：

> 想不到如此單薄的身子／竟能承受幾十寒暑的風霜／膚色貧瘠的封面／掛上草體橫匾／開一扇窗／透視一對敏銳的眼睛／……／……／雙手扶起了詩集／卻扶不起詩人的體重。

　　儘管如此，沙河在二〇〇五年星洲日報《文藝春秋》版的「六六國際詩人節個展」裡展現出繽紛七彩的快樂人生。他對生命無比熱誠，飲食男女，觀察細緻，鞭辟入微。詩作中無論〈色情小說〉、〈驚慄小說〉也好，〈字紙人生〉、〈寵物墳場〉、〈小男人俱樂部〉也好，都能意在言外，寓哲理於人生微不足道的小節。

　　至於香草美人，更聲色香味，妙不可言。在〈人體彩繪〉裡，摩頂放踵，從彩繪美女上半身文化的「這是愛與恨都想盈握的脖子」敘述開始，到「白裡透紅的弧線／向雙肩卸下兩傾冰河」，再到赤裸背部「一片曠野／袒裼著史前的空蕩」跟著詩人以問號代表美的驚歎號——

　　　　哪種體溫最適合／初夏的寫意？／哪種膚色才能襯托出／晚秋的雅韻？

　　詩人視覺隨著「一疋沒有瑕疵的畫布」，從腰的海岸線到臂彎的海灣，揉雜著各種不同顏料，在人體各部份呈現的色彩圖案，包括溫馴的海水藍——

　　　　輕濺出一汪沉默的海洋／把憤怒的火紅／點燃起一樹騰飛的鳳凰／也把最琥珀的菊黃／為你喚來一輪／曖昧的昏月

　　沙河除視覺詩外，還有嗅覺及味覺的表現，在〈香氣的獵犬〉散文詩內，詩中的我，邂逅香水櫃檯後的佳人僅一分鐘，便成了一隻「追隨香氣的獵犬」去尋覓剩餘的氣息，上天下地，詩人借名牌的不同品名，分別呈現出各種香味的聯想：

分不清是高貴沉靜的香奈兒5還是典雅樸質的19，是華麗的蒂芬妮或是優雅的聖羅蘭，是淡黃凱文・克萊的〈永恆〉還是翠綠克麗斯汀・迪奧的〈毒藥〉……

至於味覺詩或美食詩，則可見諸於沙河〈美食啟示以外〉及〈餐桌上的風景〉兩首。前詩開首數句，先聲奪人：

廚房的油煙總給我們一種啟示／水火不相容／卻也有互相配合的時候／……／所謂上湯就是火浴後的汗雨

這種修辭學的「矛盾修飾」（oxymoron），經帶來一種弦外之音，語帶玄機的「反諷」（irony）。所謂美食家，不只是舌頭敏感、腸胃寬敞，還是「牙尖嘴利之輩」（此句用廣東話誦讀特別傳神），他們：

飽食之餘／加鹽加醋大作文章

「加鹽加醋」與「牙尖嘴利」一樣，均需以粵語來申義（「加鹽加醋」指誇張渲染，「牙尖嘴利」指口齒便給，就像下麵一詩談雞隻的「張牙舞爪」），才能帶出反諷效果。

這類反諷創作一直蔓延入〈餐桌上的風景〉，當紅炸子雞也就被「擬人化」（personified）成：

所有的雞種都得到赤裸的榮耀／用刑後被追封鳳凰的勛銜／儘管張牙舞爪／也只能在滾油裡踢踏出／香脆的調子／胸肌尚有華清池的餘溫／白嫩得使人憶起芙蓉帳裡德慵姿

　　其實，飲食哲學就是人生哲學。雖非盛世但也可算堪稱太平的我們，天天哪有許多戰爭與和平的偉大？倒是飲食男女之餘：

　　燕鮑參翅或粗茶淡飯已經不是主題／飽食後懂得打呃才是哲學

　　或者，在另一首〈我們必須接吻〉的詩裡，沙河強調，在密室、水中、頂峰、夢裡，我們必須接吻，生有涯，情無涯，雪泥鴻爪，無復東西，人生如夢，一回首：

　　我們的囈語已呢喃成一弧彩虹／在唇上留下美麗的印記。

樹的墓誌銘（代序）

沙　河

這棵樹紮根在實質的土地
投影在虛幻的波光中
風唱過了哀歌
歇息在樹梢綠色的夢境
傾斜的雨拍打筆直的樹幹
把季節記錄在樹皮的皺褶上
年輪是一圈一圈
走不出去的百年孤獨
囚住了一顆苦澀的心
這棵樹的行程從這兒開始
也將在這兒結束

孤獨是製造葉綠素的養分
利用陽光的喧囂
喚醒滿天白雲
利用月亮的沉默
蛻成音階和色譜的
共同語言
以三種聲音表達情緒

是最微妙的哲理
因風的舞步而歡呼
因鳥的濃情而呢喃
而對紙鳶的殘肢
它只能以悲嘆來回應

樹有複眼
但只用單耳聆聽
因為學會哭泣和微笑
而感受到詩行間的脈動
那些詩句
就是在葉底列隊而過的
蟻陣

有一種書寫
是以樹的魂提煉而成
顫動的樹葉在風中傳遞
手語
樹枝赴火變炭
樹幹入水成紙
以炭塗紙
記載了泥土裡隱藏的祕密。

目次

輯一　葉之拼圖

輯三　根之網絡

輯一

葉之拼圖

磨刀

和眼睛一般雪亮的是
刀鋒

請為
那曾經走過戰場的

那曾經斬過情絲的
那曾經自絕痛苦的
默哀一分鐘

廚房是最佳的成道丹房
汗水和紅著眼的火爐
把整個炎午切片如魚肉
你是唯一冷靜的
合謀者
落草之前
你是公堂兩旁的叱喝聲
落草之後
你坐了第幾把交椅？

白色地帶
金屬在盤中呻吟
手術臺的血壓偏低
你是否仍眷戀著肌理的斷層？

在塑像前
你的溫柔以藝術之名
躊躇如何安置那雙鬱悒的眼睛
鋒利是一種象徵
安撫著鬍髭的悸動
在黑灰色的版圖
剃渡了半個鏡中的年華

多年來你預先覽閱我魚雁
窺探我的心事
時間之蘚
像記憶一樣難以磨滅地
繁殖
曾經有過閃亮的日子
而傷痕是磨滅不掉的

（02/09/2002）

品酒的三種心情

（一）

屬於香草天空的
屬於玫瑰色奶吧的
屬於暈眩燭光的

屬於細碎舞步的
都在這一天成熟

這麼靜靜地坐著
細讀妳的紅唇
垂釣妳的眼神
香檳的泡沫在空氣中飄浮
即使是一碟雪糕
一杯清水
我都醉了

（二）

風在星期天告假
下午慵懶的陽光
剪裁著窗內的浮雕
互相依偎的兩只茶杯
冒著裊裊的輕煙
一如我們胸中的溫暖

記憶是必須常拂拭
舊照浮現年輕的顏容
驟然
我們不約而同地
想起了那瓶
收藏了幾十年的
女兒紅

（三）

他們說和烈酒一樣苦澀的是
咖啡
和咖啡一樣濃黑的是
夜色
和夜色一樣寧靜的是
心境
和心境一樣孤獨的是
烈酒

（20/10/2002）

吸血僵屍

因為你已經拒絕了陽光
所以必須選擇在鐘聲碎裂中睡去
在狼群的嗥啼中醒來
垂下如鐘乳
倒懸非為了堅持某種信仰
只為了夜的歡顏
你把時間染成黑色
且讓時間在潮濕中成形
而更潮濕的是一段千年來
被風乾的隱痛

石棺盛滿的是故鄉的淚痕
泥土的香味
一如葡萄酒
不管血型如何高貴
你已買下它的定義
入睡之前
鏡子的浮光
掠過你未能老去的痛苦

搖曳的燭光
把牆上的影子
越拖越天涯
不管你如何鬼祟
也得在巨大的披風底下
模仿著人類一切惡行
而我們的神龕
並未為你留下一寸位置。

（29/03/2003）

葬禮拾遺

清明方過　茅草已在腰間探索
長長的隊伍剛剛吞完半段山徑
就飄來了兩朵梁祝的白蝴蝶
在棺木的前前後後　隨著日影咀嚼
永生的氣息

而且還旋起了一陣
揣來寒意的風
斜著頭的白燈籠把大字楷書都哭紅了
車笛聲向路邊老槐樹問了路
領頭的喇叭手嘗試以四個指頭
去掩飾傷感
而鼓聲非心跳
一節一節的音符
只能準時地把赴約的人遞送到
生命的降落點
孝子的悲寂
都寫在搖曳的招魂幡上
一切禮儀不能或缺
金銀紙迅速地漫山作深呼吸
神鬼們以火焰簽收
一把黃土一把思念
白衣們撤退時
那張遺照還在微笑呢！

（04/10/2003）

夢的魚群

當那夢的水草慢慢滋長
在我的枕邊
輕輕的耳語使午後的陽光睏了
魚群悄悄地泅過
泅過時間在前額的刺繡

汹過我秋收的鬢角
汹過我微閉的雙眼
汹過我汗濕的背心
連空氣都靜息在兩旁
翻閱
我攤開在掌心的幾行詩句
沉溺的感覺竟然是那麼浪漫
電風扇的吵聲不那麼刺耳了
魚群隨著旋轉的節奏在
華爾滋
魚鱗閃亮發光
水底的沙礫扶起我的體重
透過玻璃缸　望見
牆上的時鐘擺動著
五點鐘的旋律。

（25/10/2003）

選擇緘默

有人尚搞不清彩虹的光譜
已成了畫家
有人荒腔走調五音不全
已成了歌唱家
有人尚在學步
已成了舞蹈家
有人牛嚼牡丹暴飲暴食
已成了食評家
當然我們也知道
有在苦難中掙扎的口與足藝術家
和死剩腦袋的科學家
而我選擇緘默
因為我是雄辯家。

（07/12/2003）

眼睛的招供

因為有眼睛的存在
因此便有了匙孔
也因為有了匙孔
一切的祕密便不再為祕密
所謂赤裸真相
並非人體橫陳獸慾竄流
基於驚悸的眼瞳放大的倍數
是生活的慣性
和沿循光線的屬性
事件的始末
未必一如眼睛的供詞

門是埋葬真相的地方
在門後我們沒有神明
心中有刀眼中有火

獸性點燃暴力
所謂違自然的事件
自然地發生了

隱私是沒修飾的臉孔
隱私是褲襠裡的汙跡
隱私是面具後的瘡疤
隱私是深淵　隱私是野史
隱私是不可觸的傷痛

漫夜開出了黑色的花朵
暴血與火光照亮它的神祕
姦情罪行惡意叢生
猜測和臆度所長出的罌粟
是腦中的瘤心中的刺
褚如渾圓的雞蛋
密封的嘴巴
心絮記錄眼睛招供

眼睛能否據實招供？

（20/12/2003）

字裡行間

是露珠凝結成早晨的寒意
抑或蘆葦搖曳出遲暮的感傷？
是潮汐擺渡在時間的河道
抑或山雨旋繞過自然的回廊？
那聲音

穩穩健健
像春日決堤的鳥鳴
像耳邊風的笛子
散佈在梯田的腳印
凌亂但溫馨
聽山雨奔騰而下
溪道流成腦裡的紋路
欲撥開密徑尋覓
一片隱祕的天空
心弦無律自動
右手痕癢如負百年之疾
心湖漲潮
用一滴墨點燈
用整個宇宙守護
用第一人稱提煉自信
用第三人稱沉澱客觀
搬來了倉頡的魔術磚塊
一撇一劃　慢慢堆砌

從上而下　盼能　呼風喚雨
從左而右　但祈　遣兵點將
用說書人的手勢
種植奇花異草
或以指尖的舞步
跳躍在盤鍵浩瀚的梯田
以一種白巫術自焚
把思維的骨灰
捏塑成紙上的精靈
你的眼神
往往在抵押睡眠後
不飲而自醉
以一燈徹宵垂釣
顛倒日夜只為嘔出
梗在肺腑的
一點一滴單思。

（08/02/2004）

詩的交通規則（四首）

斑馬線

左看右看是一匹馬
前看後看還是一匹馬
色調鮮明黑白相間　倒影成
欄柵的尺寸規格
被晨光以市聲一節一奏地洗刷著
摩西引領著小學生的步伐
一聲吆喝把紅海阻流
越過對岸的魚群
頻頻追趕腕上
焦慮的時間

紅綠燈

一使眼色
一切便得聽命於我
蹲在白線邊也算是一種無奈
是百米短跑或是長途競走
也得承受這種節奏
短暫的等待
總是引來一群尾隨的蝴蝶
噗噗響地被一朵雲
同化

交通島

除卻魯賓遜
島還是島
孤絕於城市專橫的圖測
除卻島
魯賓遜卻是一襲洗了又洗的白制服
以獨裁者的手語

以警笛
馴服
一排排不甚安分的
螞蟻

交通圈

三百六十度公轉或自轉
是一個漩渦必要的操守
多餘的入口和多餘的出口
總買不起一分出軌的欲念
旋轉的木馬有意圖地持續下去
東轉是天涯
西轉是一聲鄉音一聲叮嚀
轉不成圓滿的最終是
歸心似箭的方向盤。

（01/06/2004）

赤足的感覺

（赤足的推論並不能否定
鞋子的存在）

恣意的腳趾
掙脫鞋子的囹圄
撫摸傷口的憐憫
徐徐自文明的蝸殼撤退

讓皮膚感應地殼的脈動
風是敏感的流體
挑逗著毛孔的欲念
人際的感應已如此遲鈍
心情更在慢慢褪色
皮革和帆布都是
愛恨交織的十字架
見證你把橋樑走成僕僕風塵

把雙足並排成原始的節奏
左數12345是無恙
右數54321皆安然
腳蹬和關節在互相呼應
臺階下的苔蘚
柔軟如絲綢
小徑的沙石
是慘白環境最後的溫暖
湧泉穴的思鄉症
吸吮著夕陽的安祥

把腳印——喚醒
在趾縫寄生的是
時間的痕癢
遙遠但迫切
適度調整腿彎
用一小步去迎接山色
用一大步來跨越經緯
就能踱出一種踏青的悠然
赤足步過寂寞的荒徑
去承受樹影的重量
赤足涉過淺醉的流水
去瞭解每一顆鵝卵石
如此渾圓且潮濕的心情

（鞋子的存在並不能否定
赤足的推論）

（31/05/2005）

寵物墳場

永生不朽是人類自欺的話語
所有的生命總是柔軟得像水草
脆弱得像魚缸
空間再大也不過祇能讓
幾條熱帶魚沿著時間的虛線游移

那幾方尺的自由
就是寵物的命運
一種被間隔著玩賞的生命
波斯貓如是
臘腸狗何嘗不也是依附在
遺忘和溺愛之間
所以一座袖珍的墳墓並不代表
某種刻骨銘心或寄望
縱然在幻想裡有小小的幽魂
在淺淺在泥土中
打坐

木質盒子囚住有限空間
是海綿體寄以腐朽的地方
人對小生命果真有一絲感情
便不致於在暗巷裡

任由貓犬流浪
小白鼠和家鼠命運的分野
祇在膚色的貴賤
所有的籠中鳥都有悲劇的
情意結
若大的天空誘惑不了小小的反叛
祇因自由需要更高的勇氣

豢養寵物是人和物互虐的時髦行為
變色龍七彩蛇和金錢龜
都不是賴以銘心的名字
因人類心中那座墳墓
只葬著自私的感受和任性。

（05/06/2005）

二手鋼琴

展示廳裡盛放著夏天的欲望
貝多芬以十指舞蹈
把舞姿擺成一種冥想的姿勢
樂譜矜持欲語還羞

絕色風華在歲月裡折舊
重新啟封是再續前緣
縱是第二春春亦未遲
波濤百感交織
白鍵黑鍵互相依偎
依然嗚咽著輕輕夜曲的沉鬱

Christofori的憂悒是深沉的黑
像未盛開的夜色
八十八根弦的心事
細膩如當年的春意
拾級而上又拾級而下
一個音階一聲悠然
靜瑟在音韻以外
音韻在靜瑟之中
這種傾訴
是屬於冬夜的初雪　還是
早春的驟雨

十指平置　不安的幽靈
伺機逃逸
前半生的戀曲尚未完奏
後半世的情債更待持續
當年那杯下午茶餘溫尚暖
並肩合奏的曲調驟然喑啞
相別是被抽離的五線譜
他的膀上有你游離的髮香
一曲未完已把離情訴盡
盤鍵上的落花更像淚花
淅淅瀝瀝
把簾外的雨聲
彈得那麼暈眩
然驟雨都不帶一聲潮濕
從白色走廊悄悄走過
一邊躑躅一邊思索。

（05/06/2005）

速度的祕密儀式

這種儀式必須在夜幕升起時完成
趁路障尚未架構起來
跑道的起線和終點之間
蕩然的心情點燃起狂嘯的野火

各自豢養的獨角獸待在起點
咻咻地發出鐵的脾氣
幾顆月亮一字兒排開同時亮起
照射同一目標
腦袋掏空了危機感
死亡的或然率等於快感加麻木
把雙足武裝成風火輪
近乎光速地自轉
虎虎的馬下威如舞弄拳風
把觀禮者的聲浪推向兩岸

頭盔護得了腦袋卻護不了
衝擊著胸膛的瘋狂
速度是沒有極限的陷阱
一種使命的完成
跨出一步可能便是千古恨
飆飛的風采只能證明
一種速度一種力度和
某種亡命的愚昧

光和聲音執快一直是混淆的問題
此刻
汗水和風聲也各執一詞

衝鋒陷陣志不在敵軍
筆直的是前面的路
曲折的是明天生活的路
煙靄和夜霧在互相追逐
像弄翻了蜂巢
一窩蜂的羅西和畢亞基*
急速倉皇地
一頭竄入那一片蒼茫。

* 羅西（Velantino Rossi）和畢亞基（Max Biaggi）都是電單車大賽（Motor GP）
　的著名騎手。

（05/06/2005）

香氣的獵犬（散文詩）

　　淡紫色的背影飄逸的秀髮祇在那一小片空間踅足一分鐘，就把四周的空氣騰出一道淺淺的漩渦，一掉身輕輕地攜走一片雲彩。

　　我是追隨香氣的獵犬，停步尋覓剩餘的氣息，渺茫的餘韻就是詩的蒙太奇，常以敏感準確的嗅覺去捕捉香氣的源頭和來歷，感受破解謎底的喜悅，獨特嗜好帶來了個人的樂趣。此刻透明的繽紛顯得那麼繁複迷離，分不清是高貴沉靜的香奈兒5還是典雅樸質的19，是華麗的蒂芬妮或是優雅的聖羅蘭，是淡黃凱文‧克萊的〈永恆〉還是翠綠克麗絲汀‧迪奧的〈毒藥〉。我的鼻子被四圍的汗酸渾濁了，匯流中隱隱又有古馳的〈妒嫉〉拉動我的神經，卡隆的〈夜曲〉也在耳邊低迴不去，香氣的獵犬失去了敏銳的判斷本能，天賦的鑑定力如驟然飛走的鴿子消失無蹤，惘然嘗試敲開雅頓的〈紅門〉，更在勃曼的〈綠風〉中思索。

　　玻璃室內各式樣的水晶容器以愛的媚眼傳情，冷冽的環境洋溢著同樣迷離的氣息，香水櫃臺後那淡紫色的風情揭開了謎底。

（05/06/2005）

小男人俱樂部

凡懼內的領帶
都必須向後懸掛
向後　再向後
懸掛在媚眼和飛吻無法降陸之處

並且拒絕與酒類比腕力
只能以酡紅的果汁壯膽　但
紅色還是避忌的顏色
尤其是在領口和袖邊
撲克牌也不在憲法允許之例
一杯茶轉凍之前或
一客冰淇淋變暖之後
話題必須轉變（不管是政治或經濟的）
不如談一些瑣碎的花邊新聞
或討論孩子的學業吧
敏感的夫婦課題不必提及
雖然霓虹燈還沒亮起
頻頻看錶還是必要的
銘記於心的丈夫守則
一至二十五條
條條滾瓜爛熟
目不斜視是其一

財政管制是其二
夜遊交際更是奢望
無奈唁歎之餘
可別過度傷神
小心煙火波及兩指的Ｖ型手勢
歎氣聲隨著煙圈消失在冷冷的空氣中
緊握的拳頭
竟然揮不出半句怨言怨語
想到調劑的音樂也要考慮到
一支胭脂的感受
不如把年輕時圍捕到的黃色笑話
一隻隻的釋放
讓在座諸位
笑落幾顆小男人的
眼淚。

（05/06/2005）

女人用針線寫詩

據說女人用針線寫詩
綢緞般的心思
一刺一繡地
就鋪成了長長的錦簇
閃耀著善感的蔻丹
纖纖十指是用之不盡的詞彙

腕肘之間上下翩飛如蝶
抽取了彩虹的髮絲
用繡花針細密的舞步
在白絹上踢踏出一對
戲水鴛鴦
女人用針線寫詩
男人用眼神朗誦

（12/06/2005）

為何必須銷毀一張名畫？

名畫如同我等亡命街頭的地痞無賴
霸據街區的位置
佔領了美術館牆壁美好的空白
讓一些無所事事的眼睛
搬出諸多審美的理論
消耗每個悠閒的下午

名畫應該隨畫家壽終正寢
從此絕跡人間
白骨歸於白骨顏料歸於顏料
空出寬大的建築屋去容納
更多的流離和失所
讓該庇護的都得到庇護

銷毀一張名畫該是杯水車薪
像驅逐單一無賴般無濟於事
但當美術館的大門開放
我等的圖謀於是開始發酵
為了逃過警衛狐疑的目光
我等儘量衣冠楚楚
拿著手冊的手也模仿雅士們般擺好姿勢
對著名畫我等常會目旋心跳
那些色彩線條僅會擾人心緒
有需自備一副遮陽鏡或消暈片
維持鎮定
廳堂裡雖鴉雀無聲
但過多壓低分貝的讚美還是清晰可聞
那是一些我等誰都背得出的句子
只能掩耳移步

我等手裡有一把鋒利的小刀
適合把畫裡那些無神的眼睛都剽割出來
還有一盒廉價的火柴
方便把那些帆布木框照亮取暖。

（20/06/2006）

冰冷之城

帶著傳統的熱情
圖闖入一座冰冷之城
以我喜愛擁抱的雙臂和
擅長接吻的嘴唇
摸著口袋裡幾枚硬幣的餘溫
尋找旋轉門的轉向
是的　旋轉門都像護城的河
漸漸失去應扮演的角色
公園忘了打掃
落葉上都堆滿了鳥糞
流浪漢們在長凳上用同一種語調夢囈
摹擬褪色的鄉音

（人們還需要公園嗎？
當他們已失去了悠閒）
車子割劃城市的動脈
把街道想像成河流
擦鞋童罷工的那天人們便不再衣著光鮮
他們手裡似乎都握著一把鑰匙
卻不懂得要開啟哪扇門
色盲的眼睛在交通燈前等待移植
錯過班車有時更像錯過一世的命運

所有的消息都是黑色的流體
竄入你體內霸佔位置
物價如是股市如是還有遠方未曾熄滅的火
人類的成就不止是建築物的高度
應該還有心智的高度
快速的升降機拉短時間和距離
卻拉不短袖口和袖口的距離
站在水晶雕鑿的辦公室下望
我們總會有一隻鳥的虛榮

早報和乳製品同時被消化
在早晨八點半的氣候預報
掠奪搶劫不是新聞
強姦案的重點在情節夠不夠香豔
眼睛跟隨清道車的一縷黑煙
彎過街角並用想像力
假設一次可能的交通意外
這也是種生活調劑
況且血色是美麗的顏色
可染紅今天的話題
業務不夠理想只因性生活不夠美滿
或促銷的口號喊得不夠響
營業曲線圖表和品質必須分開討論
說明書也一再聲明
所有的後遺症都和產品無關
法律繩得了這一端卻綁不了另一邊

（都市不過是一個模型的多倍數放大
在最汙濁的角落可能還有心臟的餘溫
用以解說文明人的心路歷程。）

（09/07/2006）

怪談

（一）黑髮

這一襲從去夏梳洗至今秋的長髮
黝黑如昔
光澤仍舊拉響陽光的琴弦
攤開如鋪陳一幅
暗色的聊齋
聽你腳步聲沿著荒徑和
滿樹的蟬聲
悄悄歸來
一年的記憶已像失調的花瓣
不得不枯萎

圍繞我的臥姿
如果還有微微的磷光
那只是熒蟲行將熄滅的餘輝
迴光反照的徵兆

石階還遺留著你離去時的
泥香
誓言不如鞋跡鑿鑿
你回來尋訪的是妻子的髮香
抑是心中無法掙脫的蛛網
結髮像一則被遺忘的往事
密密麻麻地爬滿孤寂的枕緣
今夜
一束黑髮可以瘦成長長的思念
一襲思念足以癱瘓成無依的白骨。

（二）雪女

那年的記憶
是深山裡最驚慄的一場雪
冰封的暗夜
所有的雪都有了致命的蒼白

機智和勇氣被天色染成絕路
滿山的情意結
嚴凍成背脊上
一道扎掙而過的狹縫
你的命運是被暫且放生的
一尾魚
放生在歲月的細流裡
這種死亡邊緣的幻覺
卻讓你守下了今世永不可違背的
禁忌

你結的草鞋
年輕了妻子的容顏
爛漫了孩子們的歲月
在燈光下永不褪色的
是結髮的情和意
偶一回望
妻子浮起雪的剪影
熟悉但遙遠
記憶覓回來路
沖毀了守諾的圍攔
十年枷杻終於失鎖

一抹背影迷失在痛苦的方向
一種懲罰還圓了無奈的結局。

（三）無耳僧

在無光無色的世界裡
所謂鬼魂
也如你我一般
有血有肉
有愛有嗔
一樣也想在琴韻裡尋找
一方緬懷的角落
七百年慘絕人寰的故事
漸漸在五條弦上生了鏽
只看你朝夕抹拭擦亮
在深山古剎讓悲壯重現
當鬼魂們都互相依偎
在白皚皚的茅花間
落淚
空野間就只剩下幾聲梟鳴

除了眼睛
耳朵也是多餘的累贅
你的眼明和耳聰都在心中
任由經文的每一字每一句
在肌膚上作一次
救命的讀誦
之所以無耳
只因耳朵乃是被忽略的禪機
淌下的每一滴血都是舍利子
在暗夜中雪雪呼痛。

（四）茶碗中

悲劇的淚未乾
顫慄的故事已在走廊的另端
開始
等待一碗茶的溫度上升
必要養精聚銳
排練肢體語言公式
構想靈魂分解歸類
端碗的姿勢如握筆

豪飲粗獷如下筆千言
腹稿前假想自我分屍
在殘障的文字堆裡
打坐

火的性格不羈
哮喘的茶水開始坐立不安
隱喻暗示
再說些毛骨悚然的假設
沒有一種茶香得以安息
咀嚼夢魘的人
驟見碗底冒起了陌生笑容
且帶有挑釁的意味
沒有邏輯可以解釋這種荒謬
如此伏案了無數晝夜
離開書桌後
不知不覺便把自己
溺斃在一罈被遺忘的
酒缸裡。

（08/2006）

短調

（一）魚的孤獨

潛入一面鏡子
你從潮濕中醒來
水紋是你自奕的棋局
借助月華呼出滿天星辰
此刻你方是魚
一尾把鱗片排列成天書的魚
在天機裡窺見自己形單隻影的形態

（二）落葉

也不知道是誰最先起的鬨
那一群葉子都到樹下來乘涼
躺著的躺著
翹起腳的翹起腳
互相依偎
抽著煙
呆呆望向被枝椏分割的天空

（三）與夜雨對話

這般嘮嘮叨叨地
便是你最美的修辭學了
你在簷上呢喃了一夕的耳語
我在光暈裡重溫惱人的夜曲
窗玻璃上你的淚
淋溼了我滿寢夢境

（四）蝴蝶

唯恐我稍一挪動
便會魂飛魄散

你們這些
滿山遍野
從張愛玲的紙上
翩飛而起的詩句

（五）華髮

鏡子的水銀
是最愛吞噬黑色素的精靈
每一次照鏡
蠻蠻髮林便被掠去一分墨顏
幾十年下來
我已耗盡畢生黑色的儲蓄

（六）情書

我沒有手
你沒有眼睛
我們魚雁的話語
單靠空白的
信箋
便已足夠

（七）郵票

一旦戀上你的膚色
我便成了你的胎記
從此隨你走遍天涯
（雖然你未表露片言隻語）
且在右邊的天空
揚起一方旗幟
以一隻鳥或一尾魚
表明心跡

（八）樹。落英

據說綠是
樹的血色
自壜起的根部向上伸延
茁壯的開發史總與泥土有關
雖說落英是秋天的哀傷
但在風起時
竟有如此多的心事
要傾訴

（九）靴語

終於發現草的祕密
那莽莽的柔情
是一種擁抱的衝動
每一步的跋涉
皆踏出了每一寸的情意結
當泥香愈是濃郁
一座山和一片荒野
在風的足跡裡逐漸茂盛

（十）眼睛的捧捧糖

唯有雨後的那種潤濕
才能均勻出彩虹的色譜
在潔淨的天際
一弧一弧地彩著
紅橙黃青藍靛紫
一支七色捧捧糖
溶解在我們貪饞的眼睛裡

（十一）琴聲哀樂

白鍵和黑鍵
被十指狠狠地咬住
痛苦地哭泣
鋼琴因此嗚咽出悲愴的曲子
白鍵和黑鍵
被十指輕輕膈肢著
發癢地嘻笑
鋼琴因此騰跳出歡愉的調子

（十二）路。城市

當足印的單細胞
倍增繁殖
餵胖瘦削的荒徑
一條道路便被劃分出來
當道路不斷一再複制
交叉縱橫　分歧連貫
在晃動的身影中
一座城市便被納入地圖

（十三）風訊雞

為了躲開禽流感
到屋頂上避難
保持著一種姿勢
對曙光絕對噤聲
當感性的季候風刮過
在崗位上
執行方向的流言

（十四）鐘乳石

相約見面
是在幾萬年後
每天我以滴滴淚水
滋潤你的容顏
我不言你不語
在恆長的歲月裡
靜觀時間如何把柔順轉變為固執
彼此深信
有毅志終能互相擁抱

（十五）化石魚

早在人們尚未瞭解歷史時
你已通曉地質學
並在大千混沌裡泅泳
只是一次的錯誤
讓你游入了時間的夾縫
在地層的咒語中打坐
千萬年夢醒後
你的慵姿只是一塊難以讀懂的石頭

歎息之橋及其他

（一）歎息之橋

它是威尼斯唯一懂得歎息的橋樑
跨越流水
背負了重重心事
在日影下它歎息
在月芒下它歎息
在風中在雨中它也歎息
旅人駐足聆聽
依稀聽到：alesaggio！（悶死啦！）

（二）阿姆斯壯

1969年以後
每晚做同一個夢
一輪明月像一粒皮球
滾呀滾到他腳下
舉足一踢
竟然踢出四十萬公里

（三）水仙

我不相信神話
更不相信傳說
只相信自己浮於水面的
姣好面目
撤退所有漣漪後
我的俯視溶入倒影的仰望
陽光下
我是風中唯一的
完美

（四）畫皮

王生已熟睡如一盞
撚熄的燈
披著人皮是種難耐的負重
（無奈世人都好美惡醜）
此刻還我私人空間
回復青面獠牙
好歹要把蒲松齡那老兒
嚇個魂飛魄散

（五）濱崎步的化妝箱

水銀燈蓋目
歌迷擁簇的嘶喊痙去
舞臺冷卻後
化妝箱就是唯一的
知己
從臉上摘下一件一件華麗的
裝飾
在鏡子裡找到了自己

（六）達古拉伯爵論血

不死是永恆的煎熬
不食人間煙火更是艱辛的考驗
血庫中美麗殷紅的液體
是生存唯一的理由
不管A，B或O
不管階級與仇恨
不管膚色與信仰　過冷或過腥
都是佳釀

（七）漂流的鋼琴

承載太多的苦惱
多惱河從黑森林邐迤而來
一隻載浮載沉的鋼琴
用七個音符呼吸
迂迴於密林大澤
奔竄過山川河谷
在浣衣女的洗涮聲裡
完成了史特勞斯的使命

（八）未完成交響曲

維也納初冬的雪花像飄落的
音符
在莫札特午眠的小提琴裡
驟然驚醒
分析過生命
解釋過愛與恨
當命運走上末端時
這首悲歌
卻譜不下完美的休止符

（九）割耳的梵谷

琥珀色的聲浪
響遍向日葵畦田
星星們的低語
叩亂了安寧的耳膜
摘下
摘下這惱人的耳朵
醃製成一句心底話
饋贈那位心慕的女人

（23/09/2006）

誰能質疑死亡

躍出魚缸的魚
是否在質疑死亡的真實
離水
蹦跳掙扎
告白了必然的答案
箕張的腮是最後
普渡的儀式
鱗片在靜止中變色
容納日蝕過程於
一分鐘
目眶盛滿呆滯的餘溫
似乎有一顆淚在憑弔

水的波紋
（於是群蠅開始實驗
一種腐化的方程式）

俯衝向懸崖的鳥兒
是否想證實死亡的虛幻
岩石是它自毀的試卷
當腦漿像潑墨
一塗鮮血燦開一朵殷紅的花
籤語如散開的羽毛
遮掩著陽光
生命或殘喘
如同夾在兩指間的螞蟻
已沒有掙扎餘地
（於是蛆蟲著手執行
物質循環定律）

任何生命皆能質疑死亡
用任何方式
包括鐵軌上的枕木
刀鋒上的血跡

海的深度山的高度
風的速度
或一根繩索的韌度
火的張力也能改變物質定義
只須讓肺葉怠工
六十秒
當記憶出軌
便挽不回流光渙散

死亡總在醒睡之間夢囈
光的粒子來回地檢閱
瞳孔的光圈
輕聲洩露一個永世的祕密
像嬰兒的呼吸

風在毛孔間遊走
無聲無息
死亡只是醒睡之間的一點痛楚
或痕癢。

（11/02/2007）

紙魂

一走出這片叢林
便沒有再回望過
平躺的伐木聲
驚起草尖上的晨露
鋸齒洗刷昨日的巍峨

葉綠素退潮的痛楚
隨著黏性的樹脂落淚
蟬聲遂在夏日過後化為一陣
太陽雨

執拗的河流
把驚動山嶽的聲勢
鑿出
一道直洩的天瀑
奔騰的張力
勒不住野馬狂性
兩岸之間
如征旅衝鋒陷陣
過了上游的猿啼
在邐迤的平原
便一路行吟遊弋
沉著氣
假寐如鱷魚
漂木縱有重重哀怨

也只能是年輪裡的鬱結　也只能
這麼載沉載浮地度過浩劫
在淙淙水聲裡
游向一座煙塵森林
遙望的渡口並非終點
渡口只是另一處起點
搖旗撐起長可及天的擺竿
又是一次晨昏交替

蛻變是不能倖免的過程
挺拔的個性被柔化
纖維體如擴散的愁緒
曬涼一頁一頁薄薄的晨光
蔡倫被淨身後已是
另一種遐思
吹彈得破的肌膚
容納得下千言萬語
和古今多少金科玉律
詩人滴下的淚

被凝結成詩句
韻律家以五道平行線
網捕心中亂竄的音符
豔豔紅唇
烙印在情話綿綿的薄箋上
縱然字字信誓
或只是句子上的迷幻作用

燃燒是抽離的進程
被碳化後的魂無所沉澱
沒有背景沒有伴奏只有歷史
佐證秦王如何把夾進書中的火種
燒成世代儒生心中的灰燼
先人匯集的智慧在圖書館招魂
被禁聲的食指躍過序和跋間的
每一行有機體
以閃亮的篇章
撐開了每一雙混沌的眼睛

檔案處囚禁著許多幽魂
以塵埃為養分
苟存在記憶和遺忘之間
字紙簍裡的喧囂
在第二天便被再循環
割切機把靈魂和軀體分離
悄悄消滅機密
人們已懶於再提起筆
只用鍵盤上二十六個字母積木
然後輸入電腦輪迴
仰空
風箏迎風哭泣
一縷斷線的紙魂
再也尋不著可棲息的枝椏。

（24/02/2007）

問猶大

試涉入新約的泥沼
以獵犬辨識的嗅覺
辯證腳印紋路
在時間平行線
交織出一種歷史褻瀆
梗了半世紀的一口痰
在這個異教徒喉裡呼喊
那聲音
不含宗教色彩

不關族群偏差
只是鏡象的自然反射
綴不成邏輯拼圖
好奇心是腦中搔扒而不能止癢的蟻蹤
（你須要用怎樣的韌度
才能忍受兩千年的鄙夷目光？）
深谷怎能沒有回音
只是答案從來不是絕對
沒有預知的未來
也沒有錯失的過去
聖訓對你不是神話
五魚二餅也並非奇蹟
因為太清醒所以
離天堂尚遠
凡身和聖體在你眼中
皆是新陳代謝的氨基酸
哲理可能只是幻想
所謂背叛也有積極的意義
手中帶血的金幣
刺激著徹夜未眠的雙眼
任何懊悔都無法記錄在案
那一夜之後

導師和朋友們
像驚竄的逃獸
從你身上踩過
而你已被踐踏成眾信吐出的
一口唾沫

（你相信苦難能夠蛻除肉體的束縛嗎？
你相信死亡能夠釋放神性嗎？）

神話和預言
總是參雜著過多宿命論
因此
如果不承認神話的愚昧
就得承認宿命的乏味
因為有血有肉所以貪婪自私
人的道路有千萬條鴻溝必須跨越
所以在心深處
魔鬼是自己天使也是自己

（為何眾口都說你選擇了魔鬼？）

（03/03/2007）

風花雪月十四行

（一）風之流

赴一場海濤的約會
在竹林深處
不能平息的日影　以耳朵
盛起鼓動的空靈
氣流在枝葉間遊竄
像驟然闖入的夢
穿過肢體

載著童年的帆影
迎風曳過沙鷗一聲悠長的鳴叫
把濕髮種植成斷流中的樹
讓記憶在夾縫中茁壯
結了疤的時間
從髮間淅淅而下
像細細碎碎沙化的過往。

（二）花之聲

昨夜
我把愛人的雙唇吻成兩瓣薔薇
那女人
把倒影蜷縮成一種慵懶的聲音
溫存了三更的心跳
逃亡的燈光
洩露了祕密

夜來香在幽暗處
摹擬窗內枕和枕的私語
花是夜的嘴巴

把草葉上的露意
釀製成一壺易醉的
月光
痛飲

（三）雪之臉

沒有一種湖色是如此蒼白的
在北國的冬季
你用這種冷冽的語言和我
告別
天空是荒蕪的一口井
俯望大地淒然的素裝
落下無色的淚

離去的背影是刀
是碎裂的諾言
是逃逸的回音
是沒有名字的痛楚
那一瞥
把湖面殘餘的暖流
割切成臉上縱橫的冰河

（四）月之芒

星空點起了燈籠
月亮的銀線牽引著荒野晃動的
流螢
結完了草鞋
把腳步聲放入清流滌洗
月影圓了又缺缺了又圓
屈指一數又是十五

放逐在瓶中的聲音
已孕育出一絲柔和的浮光
夾在樹影之間沉吟
從枯葉上結痂的詩句
已讀不出歲月的面容
只能揣摩出幾聲輕咳似的
心跳。

（11/03/2007）

椅之聯想

據說參天喬木轟然倒下
靈魂便在年輪的皺紋裡瘦死
然後輪迴
然後化成雲煙和塵埃
從乾枯的葉脈逃逸
最粗壯的主幹
是劫數的主要目標
斷然趕赴宿命的一次邀約
被鋸齒和鐵釘屈打成招後

定性於一張椅子的沉默
椅子有承受的氣魄
能說服會客室不安的情緒
左扶手和右扶手
每分鐘都在爭論立場
而座墊終將環抱渾圓的臀部
無論那是溫柔或是魯莽的重量

有四條腿未必能逃出生天
能和時間拔河是幸或不幸
這種韌性卻是比苦行僧更能參透禪機
憂鬱或歡欣都不必形於色
裝飾的雕花只能說是
一種安撫
讓你在固有的規範裡怡然自得
將會有肌膚之親的下圍
迫使你在絲綢布料中窒息

妒忌一張椅子
持著的是一種曖昧的理由和
魯男子的心態
譬如那談吐溫柔的女人徐徐落下的

坐姿
便像湖上飄忽的煙靄
纖手扶持著平穩的儀態
身軀滑動如蛇　而後
陷落一種安適的姿勢
是儀態也是狐惑
男人的思維如鹿
在冷氣的因子裡亂竄
眼神和那椅子形成詭異的默契
椅背緊緊地靠聞著她午後的嬌喘
汗潮和香氣同樣是咒語
在侃侃談吐中施降
微微露出貝齒的紅唇
和優雅交叉的雙腿
命令所有的呼吸在這一刻停止

妒忌一張椅子
是男人心中永遠的痕癢
因為凡善妒的男人
都在仰慕著女人身體內的密碼。

（03/01/2008）

在微醺和酩酊之間

我把眼睛納入你的眼睛譜成了
你沉重的視網
像凌亂糾結的五線譜
怎樣都理不出一個頭緒

午睡的貓把眼睛瞇成一線慵懶
過濾剩餘的光芒
光芒衝闖如曳落的雨刺
把感覺都釘成了被制伏的箭豬

在踏入夢境前總會有這種幻覺
總會聽見酒瓶在喉中慢慢碎裂
那些碎片撐開了你的氣管
摘下你的喉結
再釋放出一些空洞的語言

泡沫無聲無息
沿著高玻璃杯
級數繁殖
腹裡有太多積存的怨言恨語
必須依賴這種液體催眠
讓那些妖魔的火焰
燃掉內臟剩餘的疲勞和不快

燃掉種種世態炎涼和不安
燃掉所有沒有答案的問題和不解

我把耳朵融入你的耳朵而擴張為
你耳膜的震動率
一波接一波　像有
重搖滾以黑色在肩膀壓下
聲浪如此聲嘶力竭
是熄滅的絕望還是爆發的憤怒？
那力道可以撕裂地板
更可以盲黑了星座

在微醺和酩酊之間
你有走鋼索後的微微抖索
也有墜深谷的極速狂亂。

（27/01/2008）

在交通島上野餐

以那種悠悠然的心情
擺手拂袖之間
向交通島攏岸
盤坐環視過往景物晃動如煙霧
閉目假想　四周

已被青綠的山丘所圍剿
山色低泣著一種雨後的蒼然
童年褪色的陣痛
再次重生
交通島在塵埃中伸出觸鬚
安置交錯的河道南來北往
遨遊而過的大鯊小魚
在紅綠燈前蠢動
車笛尖銳

島上雖有平蒲的草色
卻缺少一些鳥鳴和
爭豔的花木
一隻迷途的蝴蝶
停泊在交警的肩章上
那種筆直乏味的制服
是陽光下唯一礙眼的瑕疵
有野餐的配備
卻沒有野餐的心情
野餐需要依據社會條件和民生需求
想到萬物騰價

消極的對策就是絕食絕穿和絕行
由於性欲沒有標價　或者就可免了絕欲

空氣中超濁的汽油味
暈眩中隱藏著能源危機的過早憂患
從交警的側面即可望見那種隱憂
不知在他的視覺裡可曾瞥見
我這野餐者澎湃的心潮
因我正在考量要以多少麵包屑
才能引來一群灰鴿子
足以遮住這片炙熱的氣溫

野餐蜂引不來任何好奇的眼光
只當是一種病態的指標
當一張昨日舊報隨著風的任性
狠狠地撲上我的眼睛
我極度放大的瞳孔
怔住於大標題上
油價又創新高的報導。

（10/02/2008）

守柵

囫圇吞下一份早點
兩片空白的清晨
以及
一隻徹夜難眠的鬧鐘
肚裡儲存太多的浮躁

間隔性打嗝
或許是時間表的過敏症
紮營在不變更的地點
守望每一朵飄過的雲
旭日
把視野拉成直線後
離愁的降陸點
斜斜落在
鐵軌長長的臂彎裡

早班車的鳴笛聲均勻如
草葉間熟睡的第一顆晨露
鳥鳴啼起
霧靄自樹椏墜落
鐵與鐵的角力
拖曳出一聲悶鬱
沿地平線逶迤而來
堆砌成河道的石子
把枕木緊緊擁抱

一陣風呼嘯而過
大地以雙軌承住了大氣層的力道
吸入的煤渣在肺葉繁殖細菌
電動引擎震盪搖晃
解體了幾許壯志雄心

把生活誤植成一株
難以庇蔭的樹
逢春不綠　逢秋不枯
守門犬的倦意
緊緊咬住時序的交叉點
哮吠晨昏更替的顏色
用零售的時間把陽光和視窗擦亮
濃咖啡的餘溫
足以解凍溫度計和和睡榻的夢魘
訊號旗過濾來往的班次
過境處
公路是隔緣體
柵門外有煩躁的眼睛

冷冷觀望
順流逆流
肩擦過兩組不協調的
魚群

昨夜如豆燈光
折摺無眠的春宵
長夜的故事
每一根煙都在隨著鐘擺自焚
兩尺窗口和守柵人同作深呼吸
鬱悒的風暴
是每一天必須熬過的劫數
惺忪眼推不開近逼的曙光
視線是慵懶的貓眼線
幾度呵欠
把疏於修飾的鬍髭
——驚醒

（08/06/2008）

老人的風箏

安老院的晚膳準時地敲響
五點鐘的胃口
用凝視撐起七分飽
心情遲暮如鏡中風霜

倦眼
怔住了窗外的一抹晴朗
但願暮雨不來
風聲從一頁宣紙上竄逃後
天空便是神馳的畫板
也是花神回魂的香案
塗抹多色的歡愉
一縱身
便長出了翅膀
在氣流裡炫耀挑逗
讓眼睛追逐眼睛
腳印追逐腳印
老人只能用佝僂的角度
乏力地瞄準

那是很久以前的信仰
當墨翟以葉笛喚醒天空
額上的紋路早已香醇如
一盅古井貢酒
那種遺香

從最尾的一節脊骨攀爬
顛顛簸簸
童興隨醉意一起發酵
抬頭
絢麗的斗篷
掛在天空的衣架上
招展在比風更遙遠的
南山
許多手語
是不飛翔的眼睛無法領悟的
抓、扯、縱、掠、拽
回憶的傷口慢慢張開
卻流不出年輕的血
麻痺的手舉起如禿枝
拉著天空的一根鬍鬚
遙遙地牽引著另一端
喑啞的鄉謠

（21/10/2008）

九行九首

陪葬

老詩人無聲無息地平躺著
六尺之下暗無天日
陪葬的是他一生的作品
歲月濃縮了的百煉文字
深鎖在一籍籍舊黃冊子
百日之後
蛆蟲從腔腹出來
用磷火展閱
那些尚在呼吸的詩句

書蟲

如此嗜書如命
在舊時當是秀才舉人
在今日或是博士學者
像書籤寄居在任何書頁
熟讀四書五經再讀唐詩宋詞
啃完春樹再啃羅素巴金
日夜不懈苦苦鑽研
縱然博學　滿腹經書
卻依然文盲一個

魔術

我不是大衛・考柏菲
不能穿越萬里長城
不能移走自由神像
不能隱藏噴射飛機
更不能在水中閉氣開鎖
我只是個戀愛中的魔術師

僅會笨拙地以手中的絲帕
變出一束盛開的玫瑰
博取妳頰上綻放的笑靨

眼睛

世界這麼遼闊
卻容不下一粒沙子
視窗以雙弧線收集風景
從聲色犬馬的大都會到
疲憊老去的廢墟
從蒼涼的荒漠到平寂的原野
夜裡
只愛和不眠的文字
通宵纏綿

廢墟

那是種全然的崩潰
火種熄滅後歌聲攸止
舞者皆褪下華服
朗讀歷史的聲音隨著

琉璃瓦碎裂
鬼魂們忙著埋葬多餘的聲光
這麼掘著掘著
終於在最不著眼的角落
掘出一隻沉睡的懷錶

聊齋

當暮色逐漸移近
妳的臉色便逐漸蒼白
晃動的燭光如鬼火
深深刻印著拖曳的背影
請坐　待書齋濃郁的茶香
滲入妳青磷磷的眉梢
在攤開的書頁上
一顆沒有重量的眼淚
輕輕滴落

焚書

是成仁是成義
或不忍多占世間一個位置？

烈火用眼閱讀用口吞噬
依序從扉頁讀起
或反序由封底倒閱
同是一樣結局
這種祭奠
能否從文字的精粹
燒出幾顆舍利子？

蝴蝶

蝴蝶是人與鬼的靈媒
緬懷過去期待未來
它低飛只因眷戀今生
它撲翅或是惶恐來世
每則悱惻的愛情故事
均是翅膀上完美的圖案
我的愛　送妳百朵玫瑰
不如贈妳一隻翩飛的
蝴蝶

修夢

午夜裡的一場浩劫
冷汗雪崩
夢境延續了殘缺的現實
斷層傾下的山泥
把哆嗦的身子埋入深深的黑暗
像勒不住的一匹狂馬
惶恐的心
只能這麼一針一線地
自我修復

（28/12/2008）

撫摸月光

一直誤信月亮的神話
在多年前早已死亡
且現實地認為
阿姆斯壯的金屬靴
堅堅實實地踩毀了

廣寒宮易碎的琉璃磚
於是許多年來的中秋
只是風俗例常的演習
缺乏血脈中懷古反思的
激情
於是菱角失去光澤
瓜子啃不出韻味
燈籠不再流燭淚
月餅不外是解饞的額外理由
今夜雨若不來
月光便會像琥珀色的花瓣
緩緩灑落
在你我的窗前
我們仰望黃皮膚的月亮
在一壺龍井的氤息中
撫摸月光
讓亙古情結的傷痕
結痂痊癒。

（18/08/2009）

全蝕

七月二十二日的天空不帶任何預警
不晴不雨
從印度、南華以至日本的全蝕帶
以鴉陣拼圖了早晨九時的空際
埋首電腦者錯識到
黑屏偷走了窗口的
一方明朗
黑霧彌漫著詭祕的氣氛
所有的瞳孔長出顫動的翅膀

向上飛翔
期待的果實逐漸爆裂
興奮隔著墨鏡尋索
大地成了一張全色底片
六分鐘的盲眼體驗是一次新奇的震慄
我在赤道遙聞北方
群眾登高鵠候的消息
淡然把耳朵轉向一則流感新聞
有人漏夜研讀天文星象

異象和厄兆扯不上關係
太陽閉目養神的一剎那
驚詫裡總帶著趕熱鬧的樂趣
讀懂了天象是否便
讀懂了自己？
行星公轉或自轉不必深究
興味濃厚只因心情依然年輕
二十五年後若有機緣一起
引頸眺望
必是對看白髮成霜

（18/08/2009）

與一幅畫作對峙

展覽館的長廊
如曠野走不盡之荒徑
牆上
色彩輪迴後點線再生
在框框的無疆界國度

立地成佛
畫家過剩的精力
縱容油墨恣意地
侵蝕畫布的清白

我們一路用眼睛躑躅
游弋蟹行
糾正室燈折射的干擾
狙擊一灘灘宛如血跡
的象徵主義
假想羅浮宮的鬼魅
異地還魂
這種自溺的情意結
佈置了眩目的迷宮
畫框裡多姿的線條
糾葛著一種創作和賞識的
玄妙關系

與一幅畫作對峙
是一場均勢的視覺角力
沒有守則規律
單純的思路浪潮
淹沒度外想像空間
形象的天空
龜裂後是一片琉璃般空靈
人性和獸性的交戰
轉瞬間二而為一
具象或抽象都是色譜的變奏
挪走了邏輯的認知
裱出的畫裡天地
可以成為豢養色素光子的溫床
一點一滴
多變的幻覺裡
有混沌初開的
悸動
隱隱像一滴淚
從眼際墮入心口

（22/09/2009）

閱讀一面牆

牆是一座凝固的海洋
把視野劈為兩半
一半盛滿今晚的月光
另一半潛入了蟲豸的夢境
一道屏障從意識裡伸延過去
聽時間的浪潮
在月色裡哭泣

我是子夜的倒數
努力地把自己擊出一記鳴槍
傷口從陷阱處升起
裊裊像鬼魅
在粉白的臉譜塗鴉

猙獰如褪色的地圖
在面相幻變之前
植下第一顆地雷
右牆角埋著昔日的創痛
舊相框上有蛀蟲播種的聲響
用一抹笑意
或兩顆剖下的眼珠
是否能夠換回一段
淡泊的日子？
牆喑啞
牆只是一面陰暗的旗幟
把灰色鬃成寂寞的圖騰

每一顆沒有方向的心
都是牆上的一面鏡子
照不見自己
只悄悄地開拓
歲月的隧道
在神經線裡縱橫阡陌

（01/11/2009）

在文化遺產保留屋避雨

那年種下的那根蔥苗
綠過了慌亂的年代
也跨過刺刀的日子
在新陳代謝的實驗中
找到一個完美的代名詞
當我趕著一群雨
用幾近錯綜的步伐
遁入龐然的古典
感覺牆角剝拓的苔色
比屋頂上的飛簷
更為瑟縮

文化遺產是危樓的一種錯覺
此起彼落的陰影
搖著皮影戲的節奏
恐嚇我慢慢隱沒的唇色
每一種繁華被時間課稅後
剩下的便只是一聲嘆息
雨好像必須以整個世紀
才能逐步演變為
淚眼裡的沙塵
它逐漸透明
透明成民族的個性
和驕傲

等待那群無法還鄉的雨
聲嘶力竭
百般無聊地
我扒起一把變質的泥沙
發覺自己腳下
已坦承出許多不能移植的
鬚根。

（08/11/2009）

綠手指

綠手指是一種魔力
一種人和大自然的默契
用綠色的關懷和信心
便能點苗成木
點木成林

沒有滿院子的土壤
只借來一樓臺的泥香

和半簾的陽光和雨露
一盆花草的夢始於一粒豆一根苗
綠手指握著鏟便能喚醒泥土的記憶
讓所有不知名的欣喜都從泥裡慢慢
探出頭來
風是最會吱喳的
它總在午後悄悄地和
玫瑰搭訕
銅錢草和富貴花
茂盛了整座剝拓的舊欄杆
只為了圖個好意頭
仙人掌的剛毅
伴著萬年青的蒼翠
讓心境從春始綠到冬至

攤開十指
看泥屑漸漸而下
在靜默中似乎聽到了鳥啾。

（19/01/2010）

拾荒太子港

拾到一支牙刷
（它曾經游梭在
晨起齒縫的泡沫間）
拾到一把梳子
（它曾經撫摸過
黝黑柔軟的長秀髮）

拾到一隻球鞋
（它曾經敏捷地
奔馳在綠綠的草坪上）
拾到一個奶嘴
（它曾經餵飽
呱呱待哺的小嘴巴）
拾到一面鏡子
（它曾經映照過
許多漂亮樸實的臉孔）
拾到一個鐵盤子
（它曾經盛過
美味的菜餚和香飯）
拾到一枚咖啡豆
（它曾經棲息在
一叢叢蓊鬱的咖啡園中）
拾到一張漁網
（它曾經在日落時分
拉起豐富的魚獲）

拾到一塊磚頭
（它曾經置身在
巍峨建築堅固的樓盤中）
拾到半截國旗
（它曾經飄揚在
總統府前莊嚴的氣氛中）
拾到一枚手錶
（時間停頓在一月十二日
四時五十三分）
拾到一張地圖
攤開仔細地看看
只搜索到海地模糊的海岸線
和支離殘碎的太子港

（02/03/2010）

街舞

是蛇卻有手足
是魚而無鱗鰓
肌肉和脛骨是捏麵人手中的麵泥
隨意扭捏
任由騰翻
倒豎的塑像在風中瑟瑟
長髮在夜色裡漫散開來
洩落地上的
是一匹黑色的天鵝絨
鼓聲蒼茫
天靈蓋和柏油緊緊接吻
腳踝向天空偷襲
涉入一片無涯的寒意

彎曲旋轉
夜藍露濕了悸動的勁裝
瘋狂舞動
月亮竟似擺弄在腳跟上的一粒彩球
立體了街燈的二維度
昏黃的視野拉得那麼近
叮咚叮咚
音樂依舊是青春歲月的濫觴
青澀脆弱得像早綻的杜鵑
人群以喝彩聲圍觀
此起彼落
目光泅泳在發洩和自滿之間
突不了重圍的是
額上閃亮的汗光和
日子的潮濕

都市的霓虹裡有著許多公式在演算
陋巷裡孕育的喜樂隨著一根煙
泯滅

（16/03/2010）

九短詩

（一）魚尾紋

本為水棲動物
卻游上了臉面
棲息在那兒
隨著七情隱現
在眼角透透宛宛地
透露了幾許祕密。

（二）吻

讓嘴唇去說服嘴唇
舌頭去印證舌頭
一種沒有酒精的醉意
代替了許多甜言蜜語

嘴巴在不說話不罵架
不吃飯不飲水時
大概就只剩下這種功能了。

（三）等待

有人把等待漆成紅色
掛在門口
容納了許多訊息
有人把等待溶在眼湖裡
朝朝夕夕
望斷了長長的路。

（四）情書

那年以後
多情的墨水便開始
褪色
薄薄的信箋
齎集著歲月塵埃
被擱置在抽屜的冷宮
舊情被禁錮在信封內

隨他愛戀過的髮香
泛黃。

（五）名片

開闢一塊土地
築成小方寸的城池
以自己的名字豎起燦爛的旗幟
總裁經理名銜的後面
應是句號還是問號
把前半生餓集的名片從冊子
撤出⋯⋯
把它們細細審視思量
彷彿閱盡了社場
五光十色的競技和角力。

（六）九命

一開始就想好好過此一生
卻糊裡糊塗糟蹋了
水溺火焚踐踏懸吊
八次劫數後

這次得乖巧地躺在她懷裡
輕輕應對著：
妙妙

（七）貓頭鷹

一轉首
把整片樹林扭成360度
一回身
黑夜已濃為一則鬼故事
飛行的貓守住月光的迷惑
棲息在枝上
睜大了眼
瞄眄窗裡瑟瑟的人影
然後低咕一聲
把他的魂魄嚇走七分。

（八）蛾之死

以陰晦為底色的蝴蝶刺繡
在火的語言裡沉默
眼前

殷紅的燃燒如肢體擺動般
誘惑
白光是甜蜜的死亡
起航衝刺
烏托邦的構想圖
驟然灰飛煙滅
那不是勇氣
只是一種愚昧的殉情

（九）蝙蝠

分不清白晝黑夜後
便倒懸於此
把季節拒於洞天之外
容納我的岩腹太大
能任我遨遊的世界太小
所以只能在族類間密密相擠
在時間裡垂下如黑色的鐘乳
瑟縮且寂寞
我們的光輝
只屬於人類無盡的想像力

（04/04/2010）

習慣

習慣於把視線織成一張網
在曠野安置靜默的陷阱
隨著蛺蝶的翅膀
顏色錯綜複雜
在時間的夾縫
變幻
樹的靜止
風的移動
把葉子潑墨成秋的肅殺
當第一片葉子飄下
把焦點凝結成自己撤不下的
投影

習慣於在街的流域垂釣
在交通島
攏岸
撐起
急速流過的影子
青春且傲氣
披頭散髮是時尚
服飾閃爍著
迷惑的自信
紅綠燈失眠
時間或許便這樣
睡去

習慣於和影子對坐
煮一壺茶
剝幾枚花生
我不寂寞
寂寞的是無依的影子

（20/04/2010）

讀誦

眼睛
總是用這種不急不徐的步伐
跨過字與字、句與句之間隙
中階音如鏨金的小錘子
敲擊水晶般脆弱的筆劃
清晰但微抑著聲量
沒有背景旋律
你我猶如深夜裡醒著的幽魂
交換臂彎裡遺留的溫暖
（我捧書的樣子自是很神聖）
字句就是我齒間墜落的珠璣
在你耳朵的走廊
掛起一串風鈴

再在書上升起一道虹彩
悄悄地留住你專注的眼睛
（你說文字像在視覺裡游過的魚隻
方抓著一條
卻竄走了一群）

讀誦是聲音的愛撫
挫揚轉折貫穿神經的感應器
記錄心電圖的短路
斜躺的床有草原柔軟的舒暢
半醒睡
你眼神像檯燈般迷茫
我捧書的手在書頁間徘徊
試圖從繆思的謎底
解析塵世間不可解的謎面
一句一頓
如敲擊鋼琴的黑白鍵
讓你枕著書香
走入夢中

（09/05/2010）

把動物園搬入寵物店

以諾亞手中的名單
進行一項進化論的試驗
寵物店是不變的基地
有著萬物生生相息的緊密鏈鎖
而動物園提供了最具體的素材

我們必要拆掉所有的屋瓦
讓長頸鹿有一個昂然的理由
並依循素食的清律
把藤蔓依附樑柱生長
夜晚星空墜落鑽石
鑲在刺蝟們磨亮的劍把上
錄音帶不停重複著曠野的呼喚
擴建的貓籠子裡
獅虎豹彪的花色
闊展了領養者的視野
狗狗有狐狸豺狼作伴
同類交流心得
共研生存之道
並印證物競天擇的鐵律
加寬溝渠容納河馬的重磅
蛇類忘卻伊甸園的咒語
以沉默測量蠕動的伸張度

鱷魚是無聲的垂釣者
看羚羊的捷蹄越過走廊
大象憑記憶力記錄顧客名單
讓蜥蜴類攀附壁燈風扇
乍看就是美妙的活動飾物
猴群是擋不住的波瀾
唯有吊起來成為晃動的風箏

把動物園搬入寵物店
只圖把人類的心胸搬入更寬大的
溫室

（30/05/2010）

夜訪Dracula伯爵

約會必須訂在日落之後
當夜貓子鳴出
第一聲哀啼
守候的鐘聲沉重滴落
幾響不規律的心跳
車子趕著月影衝刺
隱入森林的私處

旅程的風速
把沿途的每一株樹
剪影成暮色裡的魑魅魍魎
車廂顛簸
艱苦地測量上行的斜度
微弱的照射燈檢索著
鄉野傳說的玄虛
Bram Stocker弔詭的隱喻
深藏著你履歷中的哀痛
悲劇的宿命
始於一場殘酷的戰爭
卻無法終結於一段淒美的情傷

執迷不悟也是一種專情
可惜專情是痛苦的銹
歷時愈久腐蝕愈深
幾世紀的時光過濾出
情緒上的憤怒和情感上的遺憾
縱然擁有永恆的生命
但也意味著

永無止境的折磨
你沉溺於血型的深度研究
是生存之道
卻也是錯誤的偏執
A、B、O或AB
這些美麗殷紅的生命色素
只能是你永遠的桎梏

Transylvania的荒嶺
此起彼落的狼嚎
震撼著初秋的每一片
落葉
而屹立五百多年的城堡
聳然在眼前
苔蘚煽情地以綠意把守
三丈門戶
喑啞的鋼鐵已沉睡若干歲月
方從這新年代的門檻
首次甦醒過來
梟聲裡

夜霧慢慢濃鬱起來
飄忽的大黑披風
把蠟燭一盞一盞亮起
透明的涼意
在脊柱骨上蟻樣地爬行
你倒掛如蝙蝠
把王朝建立在曙光的盲點
你迴避一切禁忌
以及一切文明的侵襲

聽巨門沉重的呼吸
空洞無邊
徐徐挪出的一縫深淵
回音回應著回音
陰暗裡蟑螂和老鼠竄過
留下門口的造訪者
望著自己的影子
逐漸消失

（06/2010）

輯二

幹之紋理

風的行蹤

在瘦削的竹林裡流連忘返的
一抹夕陽
憑弔著紙鳶高掛的殘肢
傷感著潮濕的氣溫
無骨的手勢

婆娑出一絲寒意
我可以溫柔如詩
我可以呵氣如情人
我可以從一則傳奇中醒來
在子夜薄倖的簫聲裡
去探看
輕紗緯內
晃動的燭光
誓約的心跳　無法成眠
明日上京路的風沙
必然遙遠且淒迷

我可以浪漫如遊俠
我可以輕柔如叮嚀
我可以在天際
醉臥在歸鳥的倦翅上
牧著雲

在白帆的弧度下轉述水手的故事
在水影的側光裡雕塑粼粼的魚紋
或繞過孤獨的山峰
在禪坐的松林內　聆聽
隱隱的濤聲
我可以樸實如農莊的一縷坎煙
我可以百般無聊如簷下的風鈴
我是嚴寒天候的一把利刀
我是千里大漠的迷茫視野
我是龍
我是劫後的狼藉
唉　我粗暴的個性
卻能伴你在小小的斗室
輕輕地翻閱一紙柔情。

（07/1996）

古渡夕陽斜

犬吠聲響自人煙處
遙遠且疏落
古渡口麇集了崩毀的秩序
芒鞋的離情
冷漠的過客
方向是唯一的答案
一行李的心事
氾濫了季節
攏岸的渡船
努力撫平水面的傷痕
軌道上的浪花
是浪子在天涯的一聲珍重

澎湃的歲月
望瘦了兩岸傾斜的風景
而岸邊的卵石選擇沉默
以絕食的毅力定位

登岸的新知舊雨
在獵獵的秋風中
是夕陽中一抹容易扭傷的
投影
且到茶棚去一論國事
或悠然地與時間對弈
或過濾淡淡往事
像杯中浮起的一葉綠茶
我是一拂袖便會消失的
背影
該上路了　當夕陽已那麼疲倦
該上路了　當撐舟的舵公
臉容濃得像
夜色

（07/1996）

夜聽搖滾

（在這樣的冷夜最適合陰謀的進行）

一枚六十年代胡士托的計時炸彈
引爆在兩百方尺的客廳
披髮的年代已逝
敲打樂仍在磨著刀子

在擴音器生起一堆野火
導熱的黑膠唱片滾動著沸騰的熔岩
鼓聲破土而出
七絃琴的獸爪
吵醒十二吋喇叭的假寐

盤坐或側臥已不是選擇性的問題
借來了滿窗星光
室燈已是多餘的眼睛
奔馬越過簷下的風鈴
風們都豎起了耳朵
細讀著額上不安寧的汗光
Hendrix的魂和Morrison的魄
把體內的餘溫
重新煎煮出
一鍋藍藍的眼淚

哪一種刑罰最適合叛逆的耳朵？
哪一種孤寂最適合懷舊的血液？
嬉皮士們都垂垂老矣
當年反戰的鼻涕還未乾
世紀末的感冒又再猖獗

（在這樣的冷夜最適合陰謀的進行
當鄰居們疲憊的身心正須要休眠）

（05/09/1999）

推理小說

一開始
線索便埋伏在扉頁中
在肉眼分析不了的表象
咱們小心地把序文解剖
紙漿的胸膛隱隱閃著血影

且慢相信一切所見的證物
在字與字之間
還是存有許多疑點
在驗明血型之前
我的指模是最致命的漩渦

已經推敲了整個晝夜
假設了千百個假設
即使在最隱密的裝釘處
一點線索也尋不著
動機像一張遺失的書籤

在未招供出兇手之前
縱然徹夜挑燈
也得分清墨漬和血漬
再在邏輯的迷宮裡　慢慢
回味松本清張
曖昧的微笑。

（06/06/1999）

章回小說

從唐朝遺留下來的腐朽氣息
在發黃的書頁間流泛
風以無骨的纖指翻閱一面古典的地圖
一首七絕在線裝的門扉間吟詠
書蟲早已聽慣深閨兩情的淫語
及梁山霍霍的刀聲

這一回
我的馬蹄已踏遍殷紂的宮殿
大觀園裡夜夜燈火歡宴
明日上京路
風沙瀰漫
今宵聊齋的魅影
在我腦細胞修行

案前的神仙鬼怪
和我有著很深的代溝
在第三次投生後
我已習慣了江湖生活　施施然
上黃鶴摟去痛飲他一個晨昏

於是我必須相信宿命
因為我們的故事始終一語成讖
在祖宗們把文字修成正果前
欲知後事如何
請看下回分解

（06/06/1999）

科幻小說

時間必須推前或者挪後
這已不是很迫切的問題
DNA的鑑定也不是問題
真實和虛假更不是問題
意念之間
故事的假設可能就是真實的伏線
真真假假
我們已沒有多餘的時間
去推敲

文字是多餘的媒體
只需多一點遐思
像苦咖啡中一丁點的糖

語言便自兩指相通
意念便從四目交會
你的思維便是坦蕩蕩的一本書
一種宿命論逐使克拉克或阿西摩夫
在神祕的城堡
守住命運的預言

焦慮的人類
複製著貪婪
複製著野心
複製著災難
在一億光年以外的星座
是否依然存在
饑荒和疾病？
以顫抖的手翻過
一章緊接一章的浩劫
眾神都袖手旁觀了
焦慮的人類
隨著時間墜入虛空

（2002）

色情小說

那一堆衣冠不整的文字
狼藉如嘔吐後的穢物
左看右看橫排直排
均以撩人的姿態擺勢
種種驚世駭俗的行為
把禁忌的外衣一層一層剝掉
連標題也火辣性感
誘惑不安分的眼睛
起承轉合已不重要
重要的是段落與段落之間
句子和句子之隔
是否有叫床聲隱約響起

玫瑰們都在野合
巷貓在叫春

野狗流著雄性的口涎
尋找雌性的氣息
激烈的動作不讓你喘回一口氣
暴雨後又有淅淅的寬衣聲
隔著薄薄的紗帳傳來
催情的措辭張開猥褻的雙腿
狙擊你的目光
每所房第都不設防
每個女人都是一扇沒有上閂的門
每個男人都是一座轟不倒的鐵塔
每片樂土都充滿高潮和呻吟

女人的缺陷是男人的優勢
男人的優勢卻是色字頭上的
那把刀
罩門軟弱如風中擺柳
君子也無法正襟危坐
柳下惠的鐵城終告失守
每一行每一字
有發酵的想像力
正在煽動一座不肯馴服的
火焰山

（05/06/2005）

驚慄小說

月亮的臉色
在燈下越讀越蒼白
蒼白如死亡的字跡
黑鴉從愛倫坡的口中撲翅
迎面衝出　那鳥
大如舞動的披風
像天色傾下　快速掠過

不知何時
黑色開始肢解意識
騰空了外殼
肌肉血液
凌亂的秩序

呼吸如春蠶吐絲
奪胸而出的是幾個扭曲的
感嘆號
翻倒的墨汁
一灘黑暗向八方
無限無邊無時地漫延

閉目反芻
床開始以史帝芬金的第六根神經
擺動
血影和眸光
映照出了罪原的真貌
藤蔓以最敏銳的觸覺　鎖緊
從無色的窗口望去
一群閃著點點鱗光的
比拉那魚
爭先恐後地啃噬
一塊一塊的肌肉
一滴一滴的鮮血

（05/06/2005）

終結生命者的選擇

Sometimes I wonder if suicides aren't
in fact sad guardians of the meaning of life.

--Václav Havel

假設一朵雲
驟然墜落
將碎成一陣急迫的陣雨
雲有多高？
樓有多高！

假設選擇在十三樓
將有十三張錯愕的窗口
和一灘憤怒的鮮血
倒數

如果選擇潮濕
就選擇在午夜
當波濤正值飢餓
把雙腳悄悄地交給泥濘
陷落的呼吸
將斷成五個音階
凝聚成一個泡沫
在五孔內

焚燒是一種痛快吧！
快速而燦爛
華氏四百五十一度
把肌膚和毛髮
離間
風的默契
以最炎炎的語言

和最炫目的手勢
閉幕

請信任繩子的
韌度
以沉默作規範
蛇類的哲理
繞一周便
懸空了知覺和煩憂
演算簡單的算術題
體重＝繩索＋橫樑－凳子

太陽穴的距離
相隔東山和西山
遙遙萬里思維
縮短於
一枚子彈的衝刺
食指失控於
飛躍的紅潮
當硝煙凝固了
時間

鶴頂紅是最美麗的
詞藻
自你口中
溫婉談吐
柔情得像斷腸草
決絕得像情人
你的痛苦
纏綿於
神農的夢魘

美索不達米亞的孿生河床
順流逆流
在你腕脈汩汩而下
如何切斷
巴比倫苦澀的泉源
是一口剃刀
扼腕的難題

俯臥仍然可以聽到
自己的心跳

冰冷的鐵軌
伴你一起等待
千份之一秒之觸點
以完成
鋼鐵與血肉的
熊抱

軍國的鬼魅
在武士刀上還魂
臍下兩寸的祭壇
始終搖曳著
一片哭聲
當冷冷的金屬
深吻著糾結的愁腸

（或許你沒有任何選擇
那就留待時間的手
在許多年後
把門關上）

（03/05/2000）

寄自巴格達

（信封上的郵票被燒去一半
像殘缺的地圖）

黑雲從南部飛來
一群大鳥的糞便

撒落城裡的街道上
高樓大廈蹲了下來
受著傷
濃煙繞過每一條街道
火光曝著眼球
講述故鄉第一千零二個故事

大哥和一大班人到前線去（什麼是前線？）
沙漠的強風剖開他們的皮
太陽蒸發他們的影子
他們去尋找坦克車的腳印
把自己開成一朵紅色光亮的花

天空落下一個一個大餅乾
望得我們肚子更加饑餓
白色的雨傘
遮住了陽光
像降落的雲朵

人頭像波浪般湧動
聲嘶力竭的長布條
裹住廣場的傷口
遠遠望去
爸爸的拳頭舉得最高

媽媽說夭折的小雞修補了我們的肚皮
說明天以後只好讓麵包繼續在胃裡發霉
妹妹的哭聲比槍聲還響
媽媽的故事再藏不住
她驚嚇的臉容

學校的鐘聲喑啞了
街上的腳步倉促
忙著把許多癱瘓的軀體
搬離分不開界線的廢墟
即使再小的身軀
也需要一個洞穴

去邁向天堂的門
只是
人們已沒有時間去撒上鮮花聖水

夜裡我們和警報一起睡覺
緊閉著呼吸
聆聽門外陌生的腳步操練而過
午夜的巷子裡
哮喘症和燒夷彈一起發作
顫抖的手蒙住臉
眼皮沉重地跳動
祈禱吧
祈禱這只是一個夢

（信封裡抖出了一顆沙礫
和幾滴炙熱的眼淚）

（29/04/2003）

淋一場盂蘭雨

鬼節的燈火一盞一盞亮起
飄泊在後巷的紙衣
隨風的節奏　揚起
哭喪的慘綠和浮腫的瘀紅
蹲在巷口苦苦思索
隨白蘆轉折　心知回家路已遙
擺動的風鈴
呼喚一次遠去的名字

極目處鑼聲徹霄

喧鬧的表演隨鼓聲升起

升起一座三丈神祇

讓膜拜的眾生

道盡孝義親情

七月門戶撲朔迷離

煙火和魂魄一樣傷感

如何分衣如何施食

應是塵歸塵土歸土

灰燼說完還是灰燼

寒喧已畢月轉星移

時序空間兩相忘

塵世間有什麼是絕對的希望

只差一度就是萬里路

即使擦身而過

也只是清風一陣

權且煦煦攘攘摩肩接踵地

一起淋了一場盂蘭雨

（26/08/2003）

相約

都約好了在明春
當我推開這扇窗口時
你將以綠色的笑容迎我
把心事託付於泥土
潮濕地祝福
受孕的肚腩以根鬚探索
驚異這小小的豆子
竟能許下偌大的諾言
我為你在臨窗處留一位置

品嚐一壺茶的耐性
從魚肚白張望到花蕾紅
我竟然有抑制已久的衝動
去附耳聆聽地下泉的心跳
和尋找土撥鼠的迷蹤

都約好了
來年和下去許許多多年
你厚實的陰涼會伴我
把每一個午後夾進每一本書
你飄落的書籤
在我的前額午寐
終會到來的
我們約好的那一天
安樂椅曬啞了夕陽
你再聽不到窗內龍鍾的哦吟聲
我們更加接近
在沒有國界之處
你汲取我的燐質
我汲取你的乳脂

（02/03/2003）

一座庭院的構想圖

繪測師精巧的設計
在我腦中總是崩成一團虛線
我要的海水不夠藍
我要的天空不夠闊
足底下的泥土

沒有家鄉應有的溫馨
還有那棵合抱的尤加利樹
少畫了幾滴鳥鳴

必須沿著海湄物色
尋找一片可以盛得住
閒情逸致的版圖
在水波刺眼的炎午
砂礫都說著同一種語言
鵝卵石和貝殼
朗誦每一雙晴朗的眼睛
有必要緩緩攤開草圖
雕琢星座的雛型
與海濤和沙灘為鄰
即使有夜晚的季候風
在我的骨子裡呻吟

再有一座綠得沉醉的山崗撐腰
曠野的音符

蛻化成晶瑩的露珠
懸掛在野花和矮樅之間
隱士松的一小片蔭涼
足以庇住這不羈的遐思

有一間綠屋可以囚住陽光
讓入定的盆栽參禪
而胡姬和山茶
在色譜和光暈內擇定
各自的處世哲學

午時是煮茶焚詩的良辰
焚完五絕七律
再焚一首不修邊幅的現代詩
東籬不種菊
只聽紫色的音樂
在牽牛花的藤蔓間
乍隱乍現

假山始終是假山
溪流卻是一道可以回溯記憶的
廊道
流水緩緩如日子
生活卻是水上的飄零
古典的殷紅
緊緊牽住了小橋的兩岸

讓兩三小童的嬉戲聲
嗤破這大理石的靜瑟
當苔蘚也是一種裝飾
滿窗夕照便成了耀眼的鑽石
向晚
遍地芥絨草都有倦意了
而我的鼾聲
被夾入那部長篇小說的
某一頁

（08/11/2003）

在音樂會上假寐

說什麼也得給歌手一點情面
所以我選擇在麥克風蛻變成雪糕筒之前
把眼睛拉成貓一般的慵懶
我選擇位置也在音響和影像的交叉點以外
乘掌聲尚未決堤
琴鍵手箕張的十指在黑鍵白鍵之間迷途
憤怒的吉他已勒斃了第三根無辜的琴弦

我更分不清那歌手是否家有喪事

蹦跳的燈光

把白色說成紅色

嘶喊的亢奮

毀吉他撕衣服也不算什麼

可能比較神氣的是那幾顆年輕的汗珠

說什麼也得給歌手一點情面

所以在海報凌空而降時

我的雙手也假意年輕起來

我背後的傢夥頻頻詛咒我謀殺掉他的

興奮　他無禮的手勢

可能使我的操守毀於一旦　但

說什麼也得給歌手一點情面

我只好默默地讓眼睛跟蹤那獻花女孩

超短的裙腳　心想這妞兒

如果早生三十年

必定會和我一起去赴

胡士托的約會

（07/09/2003）

在禁煙區等待

冷氣室裡不能豢養娬娬的煙姿
一些人的肺葉也不能
諸如我的胸膛只供氧氣和情人的臉龐
歇息
整個下午在禁煙區
對著一杯打盹的熱茶傷感
而等待已成了我不能自拔的惡習
報紙在一時半刻間

被眼睛蹂躪了幾輪
包括一些被分屍的雜誌
轟動的新聞在轉瞬間被剔在牙間
不管多精彩的情節都不比一碟簡便的炒飯
好吃　更何況
那是人家的傷口
神經脈動不延續在自己身上
我已沒有任何理由去戒除惡習
這是對退休人士最佳的懲罰
透過老花眼鏡
望著壁上的跳字鐘減壽
而侍者在我的第二杯紅茶把糖份減量
把孤獨加量
我只能把視覺放逐在玻璃窗外的車陣
那裡非禁煙區
所以煙霧和臭屁並無二致
煩躁的喇叭聲
使我醒起已到下班時間

（24/08/2003）

在廢墟中觀天象

也許要以一種很希臘的心情
去浮雕這夜晚的精靈
史前的螢火蟲
都齊聚在暗藍色的空際
作一次渦旋式移轉

腳下是文明的灰燼
躑躅著
竟像是赤足蹈過
神慶祭典的火焰
黃道是一根臍帶
以餘溫餵養著
十二星座的孤口
我們仰望的只是一種絕望的冀望
堅固的花崗石
也有聲嘶力竭的時候
頹垣斷柱
像夢一般融化
當年美索不達米亞的黃昏
是不是也有血一般紅的夕陽？
此刻盤踞腦海的是
時間的形態
時間是兩河之間互相糾葛的苦藤
時間是一絲察覺不到的呼吸
時間是醒來時的那一片空白
時間是一面不能回顧的鏡子

時間是廢墟上的星塵

躑躅著

望著腳下棋盤的殘局

艱苦的下一步

永遠跨不出去

蒼茫中的一道流星

劃破胸膛的空寂

城堡和石礫同時醒了過來

歷史和今日

是因和果

繁華和虛幻

亦是因和果

肢體解散

物質還原

這麼淘著淘著

在人類進化史裡

還剩餘什麼？

（07/12/2003）

在快速車道想起死亡

風聲無色無嗅
伏在伸手可及的反照鏡
靜靜狩獵
輪胎割切道路
也割切趕路的路標
把時速百五公里的戰慄

依序解說車道外一隻貓屍和
一輛汽車殘骸
缺乏邏輯的聯想
據說
斷肢依然踏著加速器
頭顱以一百八十度回望鄉土
舌尖殘留著剛才的話題和
可樂的酸味
駕駛執照印蓋年輕的指模
那隻不斷自瀆的手
此刻正忙著打手勢搭順風車
前往陰冥通道
死亡也是這般無色無臭
無須預約省卻註冊
在任何寫意安祥的下午
只要伸一伸懶腰
在一枚滾起的小石子見證下
考驗了互相糾葛的動力能量。

（17/08/2004）

捕影

眼睛不善說謊
一字一句
依言描述了一座山的體質
重重雲霧把早春的慵懶
轉述給正在養神的光圈
魔術食指暗中把一縷幽魂
收復　複製再複製
捏造成一張4R寸碼的證據
雖滿足於狩獵後的興奮
就是未能把那一抹微笑
說得清楚

化學定義在黑室逞凶
招魂了整個下午　最終
那女人被還魂後的妖嬈
逐寸現身
依著唇色
──展現飽和的青春
雖不相信光譜亂倫後
可以鋪陳出一片瑰麗
也難信服一張紙的厚度
竟能囚住了生命的紊亂
生活的僵局

四季等待著換裝
眼中有音樂徐徐起舞
一閃而過的念頭
如快門倉卒的一瞥
按下斷頭臺的制擎
腰斬了一身華服和一臉岸然

這種默契是可以培訓的
依著葫蘆畫出另一隻葫蘆
是基本的美術入門
手中的捕獸器有模仿的機能
能把貓狗的叫聲
抄錄得維妙維肖
屏息等待
和時序相約的時刻終會到來
光和影的變數
在對焦下詮釋不朽

所謂革命
也可以被曲解成另一種牌理
數位分析出每種不可能的可能
一場浩劫
燒毀了一捲菲林底片百年心血
真理沒有被延續
因上個世紀的某些數據
已經不起辯論

寵物墳場

永生不朽是人類自欺的話語
所有的生命總是柔軟得像水草
脆弱得像魚缸
空間再大也不過只能讓
幾條熱帶魚沿著時間的虛線游移

那幾方尺的自由
就是寵物的命運
一種被間隔著玩賞的生命
波斯貓如是
臘腸狗何嘗不也是依附在
遺忘和溺愛之間
所以一座袖珍的墳墓並不代表
某種刻骨銘心或寄望

縱然在幻想裡有小小的幽魂
在淺淺在泥土中
打坐

木質盒子囚住有限空間
是海綿體寄以腐朽的地方
人對小生命果真有一絲感情
便不致於在暗巷裡
任由貓犬流浪
小白鼠和家鼠命運的分野
只在膚色的貴賤
所有的籠中鳥都有悲劇的
情意結
偌大的天空誘惑不了小小的反叛
只因自由需要更高的勇氣

豢養寵物是人和物互虐的時髦行為
變色龍七彩蛇和金錢龜
都不是賴以銘心的名字
因人類心中那座墳墓
只葬著自私的感受和任性

（05/06/2005）

美食啟示以外

廚房的油煙總給我們一種啟示
水火不相容
卻也有互相配合的時候
一碟菜餚的完成
就完全建立在這種概念上
所謂上湯就是火浴後的汗雨
醬醋油鹽糖無論從哪種角度分析
也逃不出嘴巴的暴戾
美食的座右銘就是
在動刀叉時先啟動意識
趁味蕾尚未萎縮

牙齒還沒退役
總能辨析出甜酸苦辣鹹
各種口感的優劣
廚藝也能擺開色香味的擂臺
打遍天下無敵手封神封王
食譜也像武林祕笈
燉炒煎炸也有絕學
鍋裡架式俎上功夫
絕非花拳鏽腿
即使只用上五成火候
也能養腫了每一位食客的贅肉
所謂美食也並非虛設的名詞
饞嘴者只要不偏食
就能把食物吃成藝術
而這種所謂吃的藝術
該歸類為饞嘴文化吧

熊熊的爐火也給我們一種啟示
在祝融的庇蔭下
我們提升自己成為其他生命的主宰

雞鴨牛羊都為我們的食譜而存在
尿酸高膽固醇也是危言聳聽
據說一枚雞蛋就能剝出
七七四十九種吮手指的方式
這種放縱也是
四十八吋腰圍的禍源

所謂美食家
只不過是一些舌頭比較敏感
腸胃特別寬敞
又牙尖嘴利之輩
飽食之餘
加鹽加醋大作文章
能挑剔就儘量挑剔
可讚美只適度讚美
這已和溫飽無關
或許世上根本沒有饑饉存在
難民營只不過是一個傳說的地方。

（05/06/2005）

一片假想的沙漠

（沙漠縱然熱情似火
情逝的冷酷更是一種煎熬）

像雪一般白皙的思維
淅淅而下

這麼沉靜地燃燒起來
並開始像灰燼般退溫
有目不敢昂首
任何溫度都能刺盲
那兩潭絕望的死水
仙人掌有了枯萎的睡姿
順風或逆風已沒多大的分別
變色龍以保護色蟄伏
無視於地平線起伏的性感
華氏一百三十度抽乾了失聲的喉管
凡在移動的都夢見水源
樹影找不到蔭涼棲息
熱風找不到方向棲息
鳥兒找不到雲朵棲息
所有的影子都被埋葬在無可憑記的坑穴
假想的沙漠也許是可兌現的預言

失去溫柔的因此失去眼淚
失去眼淚的因此失去眼睛

失去眼睛的因此失去景致
而景致卻沒因此而褪色
縱然千萬顆鑽石都是一種假設
閃耀在沙床的下洩和傾覆
沒有駝鈴只有砂礫的默禱
把部落肩在背上的隊伍已過
且在一聲空雷後走入不知哪一度空間
望著地圖逐步崩毀
在綠洲和海市蜃樓之間
被風化成一聲乾咳
呼吸中僅存的一絲綠意
在喘息中逐漸被蒸發
午後飛絮累述同一則亡命的故事
以幼沙般細膩的耳語
剽竊西邊的景色剪貼東邊的空白
移植東邊的狼藉填補西邊的開朗
流沙的定律一如沙漏
掏空記憶便像抹去時間

焦慮在底層不規則地波動
而上層的虛脫總拔不住下陷之勢
從沒頂中醒來已是另一度空間裡陌生的夢
有人以守燈塔的意志
把胡楊樹守了三千年
千年生長千年死亡千年腐化
而生命終究也只能被表白一次
朗空潔淨四望無際
失色的感覺染白了晴空淡雲
所謂跋涉就是喋喋不休的足跡
在絕情的季節驟然休止
那些從空雷中甦醒的枯木
甦醒也是另一種荒蕪
聆聽空洞的歎息
在感情的對岸漸行漸遠

（30/01/2005）

月光與夢遊的魚

（只因月光如此迷幻
熱帶魚進行了一次群體的夢遊）

玻璃缸緣的月色
是月亮失眠的光粒子

穿梭過叢林的亂髮

感應大地的體溫

傾聽落葉的呼吸

吮吸花瓣上初釀的露珠

在曬衣繩上走索

在溝渠邊照鏡

最終

灑落在熱帶魚游弋的

囹圄空間

耀目的銀色反差

比無邊的靜寂更懾人心魄

魚缸是沒有方向的座標

定位在浮光氾濫之處

激氧器微弱的氣喘

在泡沫的光暈下解讀著魚群的

唇語

熱帶魚的籍貫

永遠附屬在飼養者空餘的時間和

剩餘的精力
他們用眼睛愛撫各式游姿擺勢
鰓部鼓動出生命的餘溫
妍麗的色素
隱隱從鱗片滲透出來
午夜過後世界該靜止了
緩緩移動的水紋
迴繞過水草的醉態
純白的鵝卵石在淺沙上打盹
魚群列隊慢移如夢遊
逐一沿著時間的虛線
潛泳入水流的斷層
缸裡缸外沒有時差
只有一雙失眠的眼睛
網住一群夢遊的魚。

（11/2010）

從一朵雲上鳥瞰廣場

騰身為一朵雲
從二千米上空鳥瞰
世界就是一座弧形的廣場
安靜且孤獨
緩然自轉
一些堂皇偉大的名字
呼痛了天安門
也驚醒協和廣場
以及每一座散落在
世界各處的地標

而所謂廣場無非便是
標誌各自的輝煌和傷痛
的四維空間
任由一種空曠和孤寂
去洗刷及遺忘
所有的廣場都在作同一個噩夢
夢裡有急促的軍靴聲
重重地踐踏在胸膛上
夢裡有汩汩血流和霍霍刀聲
夢裡有無法彌補的錯與誤

聽儀仗的銅樂聲
彷彿擊入腦髓的鋼釘
獵獵旗幟的色彩昏眩視覺
隨著號角
麇集的人群
如蠅頭小字
散佈在有傷痕的石板路
像移動的經文
（眾裡有誰在念誦？）

降落如雨
從平角省視廣場的結構
擁擠和聲音
是兩道崩裂的秩序
大家漠然相遇
就如許多陌生人一樣
互相閱讀
彼此沒有意義的臉龐
但是眼角糾結的風塵
額上洗刷不掉的是歲月痕跡
是這麼的熟悉和震撼
輕快的心情再也遮隱不了
咀嚼歷史的負重

（唉，閱讀廣場竟是一件
這麼疲憊的任務）

（11/2010）

輯三

根之網絡

秦淮河

眾多目光
同在河面上畫出一輪
漂浮的月亮　水波蕩漾
像夢境般縹緲
我們是過客
為仰慕八豔之名而來
隔著時空
懷想她們如何顛倒眾生
如何傾國傾城

乍看畫舫的燈光一盞一盞
亮起
錯覺暗香悄悄地在身旁
瀰漫
走入秦淮河的傳奇和

夫子廟的書香裡
你彷如一介趕考的窮書生
更像一縷醉生夢死的
尋芳孤魂
這麼躑躅著
琴聲起時
已是幾個世紀的
迴響

整座金陵城的風流韻事
也抵不過秦淮河的比重
但此刻沒有讀書聲
沒有朗詩作賦
沒有歌姬的嫵媚倩影
更沒有把盞飲勝
有的是如潮人聲
把街巷的長度悄悄剪短
而商販們卻在努力地推銷
把夜色賤賣給
冒牌貨和贗品的虛榮

（11/2009）

靈山大佛

到無錫是機緣
能來到靈山卻是佛緣

二百一十八級石階
宛如十八重天
這是登雲道
夾道的金菊
在陽光下微笑
舉頭是佛身金色的莊嚴
引導眾生舉步往上
跨越一步如跨越一劫
在紅塵帶罪的人
無法逼視
那種祥光

釋迦
以一種慈悲的微笑
睨視眾生

蓮座下
每個帶惑而來的人
本身便是答案
佛的立姿
海拔了太湖之波光
永恆了夕陽的燦爛
人若靜止便是樹
樹若擺動便如人
仰視佛的手
右執無畏印除卻眾生痛苦
左手與願印給予快樂
這是每個人最高的祈願
山形綿延蒼翠
左青龍右白虎
大照壁下
我們便是一面懺悔的鏡子。

（11/2009）

烏鎮水鄉

姑勿論是烏石賦予的神奇
抑或烏將軍英魂的顯聖
才步入鎮口
水聲已緩緩流入耳道
那麼空靈
咫尺之外
擺渡船排列在

不斷擴展的視野裡
像不寧的心緒
搖晃著
搖櫓的舟子
擠出了很商業的笑臉
把陽光搗碎在下午的河道上

河道飽滿了歷史
一撐一托
小舟在漾開的水紋間
穿織
不必依賴時間機器
我們的思維已奔馳在世紀之前
或溯源更遠的
淳樸的鄉鎮風塵中

染著陽光色彩的水道
迂迴過人潮和市集
青石板街路

交錯如棋盤
每一排古舊的建築物
都像講古的老者
在桃花的香氣中
或垂柳的陰影下
細說前朝

蕭統的書齋
在陰涼中繁殖文學的
細菌
昭明太子何許人也
不做王帝也活在詩文的
千秋裡
就像茅盾的紀念館
永遠豢養著瞻仰的
眼睛

（11/2009）

路過芙蓉鎮

酉水無聲
尋不著源頭
望不見出口
只有斜躺的五里長街
踏響了青石板路
湘南風雨瑟瑟
家家戶戶散漫著
慵懶的幸福
藤竹椅的黃昏
回味在米豆腐熟悉的
餘香
那是劉曉慶光影中的髮香

標誌在家家戶戶
迎人招徠的笑顏上

傘　傘　傘
如遊魂
飄忽過依然傾斜的街道
往事都閑坐在門前打盹
愣了一下午
依然是一樣的王村
只是
在地譜上已再不姓王
而是炒田螺唧出的
第一口辛辣
是吊腳樓下一壺新釀的
糯米酒
是一座垂垂老去的
貞節牌坊

（為了探索依稀的歷史而來
卻撿獲更模糊的印象而去）

（10/2010）

夜宿鳳凰城

順著沱江撐起暮色
環顧蒼穹
天空和鳳凰城
是兩道潮濕的平行線

婦女的小背簍盛滿月色
蹣跚來去橋的兩端
這一路的顛簸
讓我們感染了一絲
古典和淳樸的落寞
古典的是仰角的燈籠和飛簷
淳樸的是平視的吊腳樓和石板路
湘南有不眠不休的雨
我們卻不願窩身暖被
而錯過今夜江上明明滅滅的水燈
街是伸入未知的一道幽徑
兩旁店鋪燈火依然明如白晝
木樨糖的敲擊聲和遠處的潮聲押韻
一時間
我們嗜甜的舌頭被薑糖的辛辣嗆住了
米酒和血粑鴨
如苗人個性般倔強
古丈毛尖的淡香
瀰漫在挑燈的角落

人潮都冒著微雨流向河岸
在傘下不知不覺
便會有進入深秋的錯覺
岸邊酒吧互鬥嫵媚
霓虹的倒影緩慢了水流的速度
小酒吧裡人影飄忽燈光搖曳
樂與怒把時尚和潮流
硬寫入暗灰色的邊城發展史
有一種悸動在心中漲潮
有人在江邊放燈許願
有人到城牆上去燃放煙花
有人為了持續的節慶氣氛而加速
心的節奏
今夜
這裡有一座不眠的城堡
將會伴著綿綿雨夜話到天明

（10/2010）

意象懸空

——側寫大同懸空寺

註定要用這雙凡眼
去臨摩這千仞峭壁的巨幅
望斷北嶽綿綿的思絮
在稀靡氣流下
黃土高原的肅殺
在細胞裡繁殖空靈

半空中

寺廟被浮雕在鮮卑族的精神裡

經過一千五百年風乾

每一塊瓦每一枚磚

甚至每一根堅韌的木挑樑

都成了時間的舍利子

二十七道符咒支撐住

浮現的僅僅是一種意象

像攜不走的雲

像抓不住的風

從山的縹緲處

默默地撰寫無字經文

註定要用這張凡口

去驚歎歷史遺留的痕跡

歷史是時間傷口的結疤

岸然地在眼前禪坐

李白為了幾行詩句而來

徐霞客為了一段閱歷而跋涉

因此遠近的壑谷峻嶺

從那一刻起
皆超凡脫俗

註定要用這對凡足
去登樓入閣
但恐極其輕微的步履
也會驚動山脈的睡眠
露臺走廊有夕照來訪
更上層樓迎來更深的霧寒
狹窄的是殿堂
寬敞的是胸膛
一本佛經對照道德經和論語
薰香了神龕上沉默的香爐
尋遍天涯碧落
方知此處就是世外之境
簡陋原始
巧奪天工便是富麗堂皇的
另一層意義。

（12/2010）

從時間的縫隙走入雲岡

給你一張草紙
你描繪佛的形態
給你一塊石頭
你雕塑佛的金身
給你一座武州山
你開闢了偉岸的雲岡
一百四十八年

足以成為一個朝代的句號
拓跋王朝的孤影
映照在四十五個窟洞的犄角旮旯
被雕刀鑿斧洗禮過的岩石
依附著綿綿的山巒
不斷贅述歷史的滄桑
信仰和毅力
以十七米的高度
鑿塑出一種莊嚴肅穆
並以一種仰望去敲響
一個銅缽
於是石頭開始呼吸
且在滾滾黃塵中守望
千百年的晨鐘暮鼓裡
隱隱還雷動著鮮卑族
剽悍的鐵蹄聲

時間縫隙間不容髮
穿過這道時空窄門
置身在北魏遺落的足跡
從二十一世紀的浮華裡

窺見過往極權世界的風起雲落
旅者們像一群朝聖者
徘徊在蜿蜒的石窟群間
彳亍在暖暖的陽光走廊
如在進行一場眼睛的修行
內心間是行雲還是止水
端立注目是必然禮儀
從窟洞到窟洞
每一株菩提皆綻放出萬朵蓮花
妙手雕匠能讓石頭說話
一如來　一世界
一翼　一蹄　一花　一葉
時間風化不了鬼斧神工
人類想像力的因子氾濫
佛祖菩薩天尊
因而得以永垂不朽

（一聲欽歎雖非最好的註腳
卻是最佳的禮讚）

（12/2010）

過酆都而敬鬼神

七百年後也學但丁
走一趟地獄之旅
傳說中的陰曹鬼府
該是地層下陰冷之境
而酆都鬼城嵩立峰頂
堂皇富麗
巍然如天國

山路如雲梯
把知覺迴旋出陣陣暈眩
纜車開拓了綠色的視野
呼吸著蒼翠裡隱藏的弔詭氣息
陽光下的鬼門關
在眾多遊人凌盛陽氣衝擊下
森羅殿裡再不陰森
閻王面上少了幾許煞氣
黑白無常的裝扮
彷彿萬聖節的盛宴
牛頭馬面的土偶
剝拓著時間的疤痕
是否有人斗膽
從判官的生死簿上篡改
這一世平凡的命運
即使勞勞碌碌也要戀名貪生

孟婆亭賣的是忘情水還是忘憂湯？
啖了一口便無所謂來世今生

望鄉臺望的是故鄉還是他鄉？
東西南北無處不是鄉
新知舊雨
念想裡只是一張褪色的舊照
淡淡一瞥
再也不認得自己

人世間一樣米養千樣人
地獄裡三支香祭萬種鬼
十八層地獄延伸人間的刑罰
刀山油鍋蒸籠拔舌
人間罪能逃地獄罪難遁
肅靜中依稀聽見鬼哭神嚎
在香火迷濛中惶然心驚膽跳

遊過酆都看過鬼域
此生可以不信鬼神
卻不能夠不分善惡。

（31/08/2010）

綠色圍剿張家界

以什麼策略
能抵禦張家界無所不在的
綠色圍剿？
以什麼方式能應對

大自然重重的圍困？
天子山說以深度
天門山說以高度
金鞭溪的潺潺流水說以透徹度
而十里畫廊的氤氳卻說沁涼度
但龍王洞裡所有的鐘乳
都堅持說以堅韌度

跳越過武陵源栗子小販
吵雜的兜售聲
沉穩步履以深呼吸測量
天子山的蛇腹
從左到右
從下到上
蛇腹在天氣多變中蠕動
不見滿山彩蝶
但見褪色的陽光
像粉末
懶懶飄下
掛在望不盡的鐵圍欄上

欄上千百個失卻鑰匙的
心鎖　癡情互挨
那是物的純情或是人的閑情？
隨著飛瀑
眼睛躍下了千仞山崖
那座沉默的獨孤峰
儘管在光影裡英姿萬千
眼前竟是那麼孤單寂寞
眾人神遊的眼光
沒有一雙屬於地質學

湘西夜雨瑟瑟
如一則神祕傳說
土家族的圖騰浮雕
肉體和精神交合的境界
恆遠的故事一遍又一遍
在毛孔裡細語
當黑竹溝的火鍋宴已有醉意
趕屍的情節隨即登場

氣候總在晴雨之間徘徊
持傘盼望陽光的人群
在纜車站耐心聆聽
機械摩擦的聲響
從高處靡靡飄下的
霧氣
讓每個人都擁有一雙翅膀
慈利縣是一粒從原始自然中
孵化的蛋
在天門山的挺拔中
渾然成形
若想攜住一片雲
就必須把鞋子折騰成
一對千里眼
穩住99彎的顛簸
與999級石階對弈
終在最最頂峰
Checkmate！

（31/08/2010）

順流三峽

雖無跋涉尋源的魄力
卻願安份地當個順逐的
漂流者
以朝聖的心思
去印證懷古的情陷
或許三峽矗矗的風貌
便是夢的另一種拷貝

遲暮的陰霾雖在不斷擴大
重慶的投影仍見宏偉
還來不及以倦眼點亮
老城舊街的夜燈
就得倉促抖下
從赤道帶來的幾撮塵土
從江畔挑夫背影重疊交錯處
施施然登上江心鷺然的
遊船
季節在暮光裡抖擻著
細雨飄著巴蜀思古的情懷
和著潺潺東流水
把古鎮的餘香
淘洗在壓抑的
水聲裡
兩岸有數不盡的橋樑
但都只是一晃而過
恍惚天際的虹影

迷茫中眺望的城堡
讓沿江綿延的倒影晃動著
當回望白帝城孤獨的輪廓

思潮已迂迴過古往今來
多少詩人墨客的遊興和離情
許對三峽有太多悠遠的想像
以致心情在淡霧中悵然若失
一直在猜測
是否已錯過了兩岸的猿啼
還是猿啼早已隨著時序變遷
而消聲匿跡

遊船在雲水之間緲如一葉輕舟
從前倉到後倉
還是兩幅剪不斷的風景
緩緩落日在兩舷
塗抹淡淡的胭脂
甲板上的濕氣
分不清是江水恆古的感傷
還是季候風遺落的相思

瞿塘峽苗條如纖腰
巫峽是更可愛的小蠻腰
滑行在如此雌性的軀體內

總覺得有暗湧的悸動
而這種悸動卻是日日夜夜
以海哩計算的曖昧

剛過午夜
葛洲壩巍峨的峭壁
把甲板上許多錯愕的眼睛
速凍成無聲的折服
感覺像是午夜夢迴時
一段微妙的顛簸
五階段的水閘像一扇扇天門
把世外的塵囂隔絕了
水位悄然降落
船隊溫順如游魚
在激流裡過盡五關
而我們是附身魚腹的鱗片
心中仍懷滿西陵峽最後的遐想
等待著反照出一絲
明日旭陽燦爛的浮光。

(31/08/2010)

語言文學類　PG0668　馬華文學創作大系02

樹的墓誌銘

作　　者/沙　河
責任編輯/黃姣潔
圖文排版/王思敏
封面設計/陳佩蓉

發 行 人/宋政坤
法律顧問/毛國樑　律師
印製出版/秀威資訊科技股份有限公司
　　　　　114台北市內湖區瑞光路76巷65號1樓
　　　　　電話：+886-2-2796-3638　傳真：+886-2-2796-1377
　　　　　http://www.showwe.com.tw
劃撥帳號/19563868　戶名：秀威資訊科技股份有限公司
　　　　　讀者服務信箱：service@showwe.com.tw
展售門市/國家書店（松江門市）
　　　　　104台北市中山區松江路209號1樓
　　　　　電話：+886-2-2518-0207　傳真：+886-2-2518-0778
網路訂購/秀威網路書店：http://www.bodbooks.com.tw
　　　　　國家網路書店：http://www.govbooks.com.tw
圖書經銷/紅螞蟻圖書有限公司
　　　　　114台北市內湖區舊宗路二段121巷28、32號4樓
　　　　　電話：+886-2-2795-3656　傳真：+886-2-2795-4100

2011年11月BOD一版
定價：300元
版權所有　翻印必究
本書如有缺頁、破損或裝訂錯誤，請寄回更換

國家圖書館出版品預行編目

樹的墓誌銘 / 沙河著. -- 一版. -- 臺北市：秀威
資訊科技, 2011.11
　　面；　公分. -- (語言文學類；PG0668)(馬華
文學創作大系；2)
　　BOD版
　　ISBN 978-986-221-868-6(平裝)

868.751　　　　　　　　　　　100021090

讀者回函卡

感謝您購買本書，為提升服務品質，請填妥以下資料，將讀者回函卡直接寄回或傳真本公司，收到您的寶貴意見後，我們會收藏記錄及檢討，謝謝！如您需要了解本公司最新出版書目、購書優惠或企劃活動，歡迎您上網查詢或下載相關資料：http:// www.showwe.com.tw

您購買的書名：＿＿＿＿＿＿＿＿＿＿＿＿＿＿＿＿＿＿＿＿＿

出生日期：＿＿＿＿＿年＿＿＿＿＿月＿＿＿＿日

學歷：□高中 (含) 以下　　□大專　　□研究所 (含) 以上

職業：□製造業　□金融業　□資訊業　□軍警　□傳播業　□自由業
　　　□服務業　□公務員　□教職　　□學生　□家管　　□其它＿＿＿

購書地點：□網路書店　□實體書店　□書展　□郵購　□贈閱　□其他

您從何得知本書的消息？

　□網路書店　□實體書店　□網路搜尋　□電子報　□書訊　□雜誌

　□傳播媒體　□親友推薦　□網站推薦　□部落格　□其他＿＿＿＿＿

您對本書的評價：（請填代號　1.非常滿意　2.滿意　3.尚可　4.再改進）

　封面設計＿＿＿　版面編排＿＿＿　內容＿＿＿　文／譯筆＿＿＿　價格＿＿＿

讀完書後您覺得：

　□很有收穫　□有收穫　□收穫不多　□沒收穫

對我們的建議：＿＿＿＿＿＿＿＿＿＿＿＿＿＿＿＿＿＿＿＿＿

＿＿＿＿＿＿＿＿＿＿＿＿＿＿＿＿＿＿＿＿＿＿＿＿＿＿＿＿＿＿

＿＿＿＿＿＿＿＿＿＿＿＿＿＿＿＿＿＿＿＿＿＿＿＿＿＿＿＿＿＿

＿＿＿＿＿＿＿＿＿＿＿＿＿＿＿＿＿＿＿＿＿＿＿＿＿＿＿＿＿＿

11466
台北市內湖區瑞光路 76 巷 65 號 1 樓

秀威資訊科技股份有限公司 收

BOD 數位出版事業部

....

（請沿線對折寄回，謝謝！）

姓　　名：＿＿＿＿＿＿＿＿　年齡：＿＿＿＿　性別：□女　□男

郵遞區號：□□□□□

地　　址：＿＿＿＿＿＿＿＿＿＿＿＿＿＿＿＿＿＿＿＿＿

聯絡電話：(日)＿＿＿＿＿＿＿＿＿　(夜)＿＿＿＿＿＿＿＿＿

E-mail：＿＿＿＿＿＿＿＿＿＿＿＿＿＿＿＿＿＿＿＿＿